KB054450

새벽2시에
생각나는
사람

새벽 2시에 생각나는 사람

1판 1쇄 인쇄 2016년 2월 18일
1판 1쇄 발행 2016년 3월 2일

지은이 김정한
펴낸이 임종관
펴낸곳 미래북
편   집 정광희
본문디자인 서진원
등록 제 302-2003-000326호
주소 서울시 용산구 효창동 5-421호
마케팅 경기도 고양시 덕양구 화정동 965번지 한화 오벨리스크 1901호
전화 02)738-1227(대) | 팩스 02)738-1228
이메일 miraebook@hotmail.com

ISBN 978-89-92289-81-8   03800

깊고 진한 사랑을 그리워하는 당신을 위한 김정한의 감성에세이

새벽2시에 생각나는 사람

김정한 지음

미래북
miraebook

호기심이 유난히 많았던 나는
8살 추운 겨울날 마당에 죽은 듯 서 있는
주목나무를 목이 꺾어지도록 올려다보았죠.
죽었는지 살았는지 걱정이 되어
수피(樹皮)를 살짝 벗겨보고 나서야 웃을 수 있었어요.

벌써 40년이 훌쩍 지났네요.
돌아보니 한나절 햇살처럼 무척 짧았어요.
두 뺨을 붉게 물들일 만큼 찬연한 봄도 있었고,
땀을 뻘뻘 흘리며 암흑의 밤을 통과해야만 했던 끔찍한 여름도 만났죠.
열심히 살다 보니 이렇게 익을 것은 익고,
떨어질 것은 떨어지는 가을을 만나게 되었어요.
여전히 가늠할 수 없는 운명을 생애 첫날인 양
마음으로 끌어안으며 견뎌야 마침표가 아름다운 겨울을 만나겠죠.

살면서 안 되는 것을 외면하지 않으니 아프더이다.
살면서 바꿀 수 없는 것을 바꾸다 보니 웃음이 나더이다.
살면서 견딜 수 없는 것을 죽도록 견디다 보니 눈물도 나더이다.
변하는 것을 포기하지 않으니 '나다운' 나를 만나게 되더이다.
무(無)에서 유(有)로 채우다 보니
다시 유(有)에서 무(無)로 비워가는 어른이 되더이다.
마음이 다 자란 어른이 되더이다.

오래지 않아 치열하게 사랑하고 살아냈던 내가 머물던 자리에는
눈이 내리고 얼어붙은 눈 위에 또 눈이 쌓이겠죠.
누군가 내가 머문 자리를 지나가며 '당신, 참 멋진 삶을 살았어.'라며 고개를
끄떡여주면 좋겠어요.
그 사람이 이 책을 읽는 당신이었으면 해요.

2016. 02 김정환

C\O\N\T\E\N\T\S

곁에 있는 것만으로
힘이 되는 당신
미안해요 고마워요 사랑해요
토닥토닥 힘내세요 당신

PART 1

이
토
록

아
름
다
운

세
상
에

토닥토닥
힘내세요

힘내세요! 당신
당신은 이 세상에서 가장 소중한 사람이에요.
당신은 혼자가 아니에요.
고단하고 힘들겠지만 용기를 잃지 마세요.

아무리 힘들어도 두려워하지 마세요.
아무리 힘들어도 포기하지 마세요.
인생의 주인공은 당신이니까요.
세상의 주인공은 당신이니까요.

누가 뭐래도 당신 때문에
행복해하는 사람이 있으니까요.
누가 뭐래도 당신이 있어 위안이 되고
고마워하는 사람이 있으니까요.
누가 뭐래도 당신이 있어
살맛 난다고 하는 사람이 있으니까요.

당신이 있어 우리가 사는 세상이 아름다우니까요.
당신은 이 세상에 마지막으로
살아 있어야 할 소중한 사람이니까요.
세상이 필요로 하는 사람이 당신이니까요.
곁에 있는 것만으로 힘이 되는 당신.
미안해요 고마워요 사랑해요.
토닥토닥 힘내세요 당신.

루트비히 판 베토벤

만약 아름다운 속눈썹 아래에 눈물이 고인다면
그것이 넘쳐흐르지 않도록 강한 용기를 가지고
참아라.
통과하는 좁은 길이 때로는 오르막이 되기도 하고
때로는 내리막이 되기도 하며,
결코 평탄하지 않은 이 세상의 여행길에서
너의 미래는 탄탄대로일 수만은 없지만,
덕(德)의 힘은 항상 올바른 방향으로
너를 전진하게 해줄 것이다.

지구별 여행자로 가장 멋지게
사는 방법은 무엇일까요?

당신, 그거 아세요?

티베트에서는 사람의 몸을 〈뤼'lu〉라고 말하는데,

그것은 짐이나 쓰레기처럼 '사람이 떠난 뒤에 남는 것'을 의미한대요.

'뤼'라고 말하는 이유는 사람은 몸이라는 옷을 빌려 입고

지구별에 잠시 머물다 떠나가는 여행자니까요.

티켓 한 장 선물 받아 지구별에 여행 온 여행자란 생각이 들어요.

예정된 시간에 예정된 곳에서 태어나 예정된 일을 하며

예정된 사람을 만나 사랑을 하다가 처음의 자리로 돌아가는 것 같아요.

지구별 여행자로 가장 멋지게 사는 방법은 무엇일까요?

내 생각으로는 누구의 힘에 의존하지 않고 스스로 노력해서

원하는 분야에 최고의 월계관을 써 보는 것이에요.

그리고 후회 없을 만큼 몰입하다가 가장 빛이 날 때 내려놓는 것이에요.

아무런 대가 없이, 조건 없이 말이죠.

독자뿐만 아니라 내가 읽어도 공감을 느끼는 책을 단 한 권

남길 수 있는 작가가 된다면 좋겠어요. 밥을 굶지 않고

누구에게 손 내밀지 않고 절박한 결핍을 느끼지 않을 정도로

살면 되는 거죠. 독자뿐만 아니라 내가 읽어도

공감을 느끼는 책을 단 한 권 남길 수 있는 작가가 되는 거죠.

그것이 나에게는 성공과 기적의 두 마리 토끼를 잡는 거죠.

그게 쉽지 않겠지만 그게 삶의 이유이고 목적이에요.

사람들은 성공과 기적의 개념을 대단하게 생각할지 모르지만

이만큼 살아보니 기적이란 것은 체력의 소모를 느끼면서도

마감할 원고를 밤늦도록 작업하는 것이고, 당신도 나도 아프지 않고

가족 누구도 병원에 가지 않고 어제와 다름없이

평범한 일상을 살아가는 것이에요.

다시 말해 나이가 들어가도 지극히 평범하게

'만족을 느낀 어제'와 다름없는 '만족을 느끼는 오늘'을 만나는 것이에요.

글 쓰는 일, 독자와의 소통, 사랑하는 사람들과

밥 한 끼 먹을 수 있는 정도의 여유로움 등

그저 소소한 것에서 웃음을 찾는 것이 만족이고

기적이라는 것을 알게 되었으니까요. 살면서 무엇을 가장

소중한 가치로 정하느냐에 따라 삶의 질과 내용은 차이가 있잖아요.

가치 있게 살기 위해서는 나에게 꼭 필요한 것들만 갖고

나머지는 내려놓는 것이에요. 헛된 것을 가지고 있어 봐야

완전한 내 것이 되지도 않고 나에게 필요가 없어 언젠가는

나를 떠날 테니까요. 마치 발에 맞지 않는 구두를 사서 신지 않고

갖고 있는 거와 같으니까요. 아무리 신발이 맘에 들어도

내 발에 맞지 않으면 누군가에게 선물을 주게 되고

제 주인을 찾아가잖아요.

돈, 명예, 권력, 사랑을 더 많이 소유하고 싶지 않겠어요?

그럼에도 불구하고 아낌없이 내려놓는 이유는 끌어안는 것보다
내려놓으니 더 편안해졌기 때문이에요. 내려놓으니
빼앗길까 불안하지 않고 가고 싶은 곳을 훨훨 날아다니는
자유의 새가 되니까요. 자유와 겸손, 사랑 그리고
편안한 웃음을 찾았으니까요.
물론 '포기'와 '내려놓음'은 다른 의미잖아요.
'포기'는 할 수 있는데도 지치고 힘들다는 이유로 멈추는 것이고,
'내려놓음'은 할 수 있고 하고 싶은데도 누군가를 위해 내려놓는 거니까요.
'포기'는 말 그대로 멈추는 것이고 '내려놓음'은
빼앗기는 것이 아니라 희생을 포함한 양보의 의미이니까요.
양보는 희생과 사랑이 없으면 실천할 수가 없잖아요.
'포기'는 후회를 남기지만 '내려놓음'은 성찰을 남기지요.
내려놓는 것이 쉽지 않지만 실천해야죠. 편안하고 만족하기 위해서는….
극작가 시드니 하워드는 이렇게 말했잖아요.
"자기가 원하는 일을 위해 무엇을 포기해야 할지 아는 것은
그 일을 성취하기 위해 해야 할 일들 중 절반을 이룬 것"이라고.
결국 삶에 있어 선택과 결정 그리고 내려놓음을 분수에 맞게
실천하는 사람이 행복과 기적을 더 많이 만나겠죠?

무엇이 되고
무엇을 갖기 위해서는

우리는 무엇이 되고 무엇을 갖기 위해서 치열하게 노력하죠.

무엇이 되고 무엇을 갖는 것은 욕망을 뛰어넘어 열망이고요.

무엇이 되고 무엇을 갖기 위해 도전하는 과정에서

얻기도 하고 잃기도 하죠.

그러나 무엇을 얻든 잃든 소중한 경험이에요.

무엇을 얻으면 여유가 생기고 잃게 되면 결핍과 더불어 고통을 안게 되죠.

지독한 결핍은 마음을 불안하게 하고 의욕을 잃게 하고

삶의 의지까지 빼앗아 버리죠.

한마디로 삶을 송두리째 뒤흔들어 놓으니까요.

그럼에도 불구하고 결핍이 기회가 되기도 해요.

생각하기에 따라 결핍은 성공으로 가는 하나의 과정이기도 하니까요.

부족했던 순간을 떠올리며 어떻게 사느냐에 따라 미래의 삶이 바뀌니까요.

영화 〈레미제라블〉에 가난을 못 이겨 빵 한 조각 훔친 장발장은

19년이나 감옥살이를 하죠.

그러나 은촛대를 훔친 죄를 덮어주는 신부님의 사랑을 통해

새로운 사람으로 태어나죠.

장발장을 변화시키는 구원의 힘은 사랑이었으니까요.

어떤 고난이 닥쳐 내 앞을 가로막는다 해도 '이겨 낸다'는
강한 의지와 확신을 가진다면
가난하고 불우했던 고난의 시간은 지나가고 넉넉하고
축복받는 시간은 반드시 오니까요.
한 톨의 쌀을 얻기 위해 농부가 봄에 씨를 뿌려야 하고
땡볕 아래에서 밭을 갈고 물을 주며 정성을 다해야 하잖아요.
세상에 공짜는 없어요.
인고의 노력 끝에 원하는 것을 얻을 수가 있으니까요.

Post of thinking

담쟁이는 수천 개의 잎을 이끌고 넘지 못할 것 같은 벽을 넘습니다.
앞을 가로막는 수많은 장애물을 넘어야 선명한 무엇을 얻습니다.
영혼을 움직이는 것들은 껴안고, 낯설고 까칠한 것들은 제거해야 합니다.
한 걸음도 움직이지 못하는 나무가 되어 평생을 흔들리며 엉키지 않으려면.

널 잊을 수 있을까

Think Word

기억보다 망각이 앞서면
널 잊을 수 있을까

눈물이 빗물처럼 흘러 내려도
널 내려놓을 수 있을까

네 이름 석 자만 떠올려도
심장의 울림이 기적소리 같은데
널 지우개로 지우듯 지울 수 있을까
눈물이 마르고 심장소리 멈추면
널 정말 잊을 수 있을까

일생을 참 슬프게 사는 꽃
보고 싶은 그리움을 견디다 견디다
꽃으로 피어나는 상사화처럼
너와 나의 사랑도 그럴지도 몰라

아!
아직도 사랑할 시간이 너무 많은데
우린

과거 속에 나를 가두지 마라

+

Think Word

이별한 사랑에 집착하고 아파할수록
그만큼 새로운 사랑을 만나기 힘들어진다
헤어진 사람은 과거라는 시간 속의 인물일 뿐이다

훌훌 털고 보내줘라
용서하고 잊어버려라
한 올의 머리카락이라도 털어내
머릿속의 그에 대한 기억을 삭제하라

스스로를 아프게 하지 마라
슬프다고 술로 풀지 말고
외롭다고 함부로 아무나 만나지 마라
바보처럼 울지 마라
과거 속에 나를 가두지 마라
그럴수록 앞으로 나아가지 못한다

바쁜 일상 속에 빠져 들어라
현재 속에 살아라
준비된 사람에게 든든한 사람이 찾아온다

행복은 살아 움직이는
동사예요

인생은 별게 아니잖아요. 열심히 살다 보면 별일이 생기는 거죠.

행복도 대단한 게 아니에요.

살면서 그때 그 순간에 설레게 하는 것들을 놓치지 말고 즐기면 되는 거죠.

생각만 하는 것이 아니라 반드시 실천하는 것이에요.

행복의 가치는 '무엇이 되느냐'가 아니라 '어떻게 사느냐'에 따라

더 많이 행복을 느끼고 더 많이 불행을 느끼는 차이예요.

자신을 사랑하며 책임을 다하는 태도를 가져야 해요.

지금 나에게 머무는 것들을 가장 소중하게 여겨야 해요.

긍정의 받아들임, 사랑, 믿음이 중요하죠.

행복도 살아 움직이는 동사니까요.

진실 되고 따뜻한 마음으로 세상을 보아야 해요.

그 안에 행복이 있으니까요.

원하는 일보다 지금 하고 있는 일을,
원하는 사람보다 지금 함께 있는 사람을,
원하는 곳보다 지금 머무는 곳을 좋아하는 것이
진정으로 행복한 사람이다.

나답게 사는 것이
내 삶의 본질이에요

옛날 티베트 속담에

'내일과 다음 생 중에 어느 것이 먼저 찾아올지 모른다'는 말이 있어요.

오늘처럼 고통의 숲에 머물 때마다

칼날 같은 메시지에 심장을 베일 때마다

내일이 아니라 다음 생이 먼저 찾아와 나의 심장을 관통할 것만 같아요.

나이가 들수록 사는 것이 힘들수록 다음 생이 가깝게 느껴져요.

오늘도 무엇에 쫓아 달려 나가는 나를 우두커니 지켜보았어요.

꿈을 이루는 것도 중요하지만 삶에 있어 가장 중요한 것은

삶의 본질을 찾는 것이죠.

삶의 본질은 행복이잖아요.

많은 사람들이 행복이라는 본질을 찾아가는 것이 아니라

행복의 조건이 되는 돈, 명예를 좇고 있어요.

돈, 명예, 취미와 같은 행복의 조건을 좇을수록

행복과 멀어진다는 것을 알면서도요.

지나온 시간을 돌아보면 행복의 조건들만 열심히 좇았기에

시간의 노예가 되고 즐겁지도 않았어요.

그래서 이제부터는 삶의 본질을 돈에 두지 않고

나를 기쁘게 하는 일을 하기로 했어요.

꾸준히 몰입하다 보면 예상하지 못한 성과도 얻게 될 것이고

또 하다 보면 돈과 명예도 찾아올 테니까요.

행복은 살아가는 이유이고 목적이니까요.

살아갈수록 살아갈 이유를 하나씩 줄여가는 것, 그것이 만족이니까요.

인생을 잘 살려고 애쓰지 않을 거예요.

다만 하루를 잘 살 생각이에요.

느리게 꾸준히 내 발걸음으로 뚜벅뚜벅 앞으로만 가야죠.

열심히 살다 보면 인생에 어떤 점들이 뿌려질 것이고,

의미 없어 보이던 그 점들이 반짝거리는 별이 될 테니까요.

반짝반짝 빛이 나는 나다운 별을요.

Be yourself !

Post of thinking

나는 느리게 가는 사람입니다.
하지만 뒤로 가지는 않습니다.
에이브러햄 링컨

세상은 나에게 진지하게 공부하라, 충실하게 자기계발을 하라,

죽을힘을 다해 최선을 다하란 말을 수없이 하죠.

정작 꼭 필요한 '어떤 방법'으로 '왜' 해야 하는지를

정확하게 알려주지 않아요.

그래서 가끔 남의 길로 들어가 한참을 헤매다가 돌아 나올 때가 있죠.

수많은 시행착오를 겪으면서 깨닫게 되는 거죠.

눈앞에 보이는 수많은 길이 모두 나를 위한 길이 아니라는 것을.

분명 내가 가야 할 길이 따로 있어요. 그 길을 찾아야 해요.

생각, 행동의 주인이 되지 않고서는 내 길을 가보지도 못한 채

들러리 인생을 살게 되죠.

타인의 시선에 삶의 가치를 두지 말고 오로지 내 시선에 맞춰 살아야 해요.

존재하는 모든 것들은 존재의 이유와 가치가 있어요.

재능을 찾아 삶의 목적과 존재 가치를 느끼며

자부심을 갖고 사는 것이 중요해요.

삶의 주인이 되어야 행복을 많이 느끼게 되니까요.

주인으로 살기 위해서는 마음가짐이 중요해요.

나를 사랑하고 나를 존중하고 나를 믿어야 해요.

'나다운 것'을 창조하기 위해서는 있는 그대로의 나를 발가벗어야 해요.

허물을 벗지 않는 뱀은 살 수 없듯이 낡은 생각과 행동만을 고집한다면

성장은커녕 앞으로 한 발자국도 나아갈 수 없으니까요.

버릴 것은 버리고 취할 것은 취해 새로운 것들을 받아들여야 해요.

변화를 두려워하면 안전할지는 몰라도 아름답지는 않으니까요.

내 능력의 무게를 정확하게 알아 적당한 눈높이의

목표물을 정해 꾸준히 달려야 해요.

살면서 부모에게서 학교에서 사회에서 책을 통해서

인생 선배를 통해서 배울 것이 많지만

정작으로 중요한 것은 아무에게도 배울 수가 없어요.

치열한 경험, 생존경쟁을 통해 배우게 돼요.

경험이 많아야 중요한 것, 중요하지 않은 것을 냉정하게

구별할 줄 아는 지혜도 생겨요.

경험을 통해 깨우친 것들은 반듯한 지혜가 되죠.

적당한 경험이 쌓이면 여유가 생기고 여백이 많아야 편안해지니까요.

단 하나밖에 없는 유일한 꽃이 사람이에요.

최고도 좋지만 그게 아니어도 괜찮아요.

몸이 고달파지면서까지 최고일 필요는 없으니까요.

과정이 즐거운 삶을 선택해야죠.

단 하나인 자신을 믿고 사랑하며 응원해야죠.

내일은 내일의 해가 뜨고

내가 걸어가야 할 세계가 열릴 테니까요.

Post of thinking

살면서 끝까지 내 편이 되어줄 사람, 나의 보호자는 나뿐입니다.
'잘했어, 수고했어, 괜찮아, 힘내, 사랑해'라는 말을 자신에게 자주 하세요.
그 말이 마법의 언어가 되어 당신을 지켜줍니다.

가장 아름다운 단어가 사랑이라면
가장 소중한 단어는 가족이에요

기러기는 하늘을 날 때 힘이 세고 나이가 많은 기러기가
울음소리로 나는 방법을 가르친다고 해요.
인간 세상도 마찬가지죠.
부모가 중심을 잡고 어떻게 이끌어 가느냐에 따라
방향과 목적지가 달라지죠.
가족은 움직이는 모빌 같아 한 사람만 흔들려도
전체가 비틀거리게 되니까요.
이 세상에서 가장 아름다운 단어가 사랑이라면
가장 소중한 단어는 가족이에요. 가족은 끊으려야 끊을 수도,
버리려야 버릴 수도 없는 질긴 인연이니까요.
성경에서 평화란 말은 '밥을 함께 나누어 먹는' 거라 하는데요.
평화란 단어도 어쩌면 가족에서부터 시작된 듯해요.
공기가 없어서는 안 되는 것처럼 가족도 없어서는 안 되는 소중한 존재죠.
나를 보아도 어려서 너무 엄한 아버지 밑에서 자라
힘든 상황에도 묵묵히 잘 견디죠.
가족이라는 울타리는 구속하면서도 질서가 있고
사회생활의 기본과 살아가는 질서를 배우게 되죠.

물론 가족이 때로는 부담스러울 때도 있지만
삶이 힘들고 지칠 때 큰 힘이 되는 것도 가족이에요.
사는 것이 지치고 힘이 들 때 오래된 가족과 찍은
추억의 사진은 위로가 되니까요.
일에 치이고 사람에 지쳐도 가족과 함께 나눈
아름다운 추억이 많기 때문에
목적지를 향해 꿋꿋이 나아가는 거죠.

Post of thinking

가족은 사회생활의 기초가 됩니다.
가족은 움직이는 모빌과 같습니다.
한 사람만 흔들려도 전체가 다 흔들립니다.

평생을 산다는 것은
걸어서 별까지 가는 것

경포대 백사장을 걸으면서
쌀알처럼 쏟아지는 햇살에 묵은 것들을 말려요.

내 안의 헛된 것들, 넘치는 꿈, 놓지 못한 그리움,
잡으려다 놓쳐버린 별 그리고 비뚤어진 생각의 잔해들까지.
다 풀어놓았어요.
어찌 이리도 많이 채웠을까요.
백사장에 가지런히 펼쳐놓고 말리는데
살아온 시간보다 살아갈 시간이 적어서일까요.
헛헛하고 아릿해오네요.
바다만큼 깊어진 슬픔에 눈물이 나요.
불우하게 한평생을 살다간 고흐의 말이 떠오르네요.

"평생을 산다는 것은 걸어서 별까지 가는 것이다."

우리네 인생, 어쩌면 수천 개의 잎을 이끌고
벽을 넘어야 하는 담쟁이와 같다고 할까요?

그럼에도 삶에는 공평한 것이 있기에 부족해도 견디는 거죠.

아무리 지위가 높아도, 아무리 돈이 많아도 시간을 이길 수는 없으니까요.

시간을 거스르는 힘은 생명이 있는 무엇에게도 없으니까요.

오늘 떠오른 해도 지게 되어 있고, 방금 피어난

보랏빛의 난초도 지게 되어 있으니까요.

밤이 가면 또 아침이 오듯 태어나는 사람이 있으면 죽는 사람이 있듯

세상에 존재하는 모든 것들은 존재할 이유가 있지만

또 떠나야 할 이유도 있죠.

만남이 곧 이별이라는 것을 깨닫게 되는 순간

오르막도 내리막도 슬픔이라는 것을 알게 되죠.

인생이라는 텍스트를 정확히 이해하는 데는

시간의 세례가 필요하다는 것이죠.

짧은 만큼, 긴 만큼, 딱 그만큼의 이해를 하게 된다는 것이죠.

뼈저린 자기 성찰의 고백을 통해 본래의 정체성을 회복하는 것,

걸어서 별까지의 여행을 마치고 왔던 길로 웃으며

돌아가는 것이 인생이겠죠.

기
형
도

잘 있거라, 짧았던 밤들아.
창밖을 떠돌던 겨울 안개들아.
아무것도 모르던 촛불들아, 잘 있거라.
공포를 기다리던 흰 종이들아.
망설임을 대신하던 눈물들아.
잘 있거라, 더 이상 내 것이 아닌 열망들아.

〈빈집〉

당연히 주어지는 것은
아무것도 없었어요

사실 나의 인생을 돌아봐도 당연히 주어지는 것은 아무것도 없었어요.

아마도 부모에게 대단한 유산을 물려받은 사람을 빼고는 다 비슷하겠죠.

사회생활을 시작하면서부터는 받는 것보다

내어놓아야 할 것들이 많았으니까요.

마땅한 권리보다 당연한 의무를 사람들은 요구했으니까요.

내가 먹는 밥, 내가 입는 옷, 내가 자는 집까지

스스로 해결해야 했으니까요.

사는 것이 팍팍하고 힘들었던 것 같아요.

결핍투성이로 사는 이유가 주는 것을 좋아하고

받는 것에 익숙하지 않은 성격 탓도 있지만.

그럼에도 불구하고 웃으며 감사할 수 있는 건

그래도 몸이 건강하다는 거죠.

몸마저 결핍투성이었으면 버티지 못했을 거예요.

무엇보다도 인간관계가 가장 힘든 것 같아요.

나에게도 도저히 용서할 수 없는 사람이 분명히 있었죠.

용서하지 않을수록 나만 힘들어지고

내가 아프다는 사실을 알았기에 내려놓았죠.

말로는 용서했다고 해도 마음속 분노가 그대로라면 용서한 게 아니니까요.

내 에너지를 쏟아부을 가치가 없는 사람에게

몰입했던 에너지를 거두어들이는 것이 나를 위한 용서인 것 같아요.

용서는 그가 아닌 나를 위한 것이 되고

용서의 수혜자도 그가 아닌 내가 되는 거죠.

아주 사소한 편견을 버린다면 가해자와 피해자의 개념도

미미하게 된다는 것이에요.

잘못을 했든 잘못을 하지 않았든 인간관계는 모두

가해자와 피해자가 된다는 것이죠.

유형인 것과 무형인 것, 그 차이뿐이에요.

삶의 통제권을 누가 가졌느냐에 따라 더 큰 피해자가,

더 큰 가해자가 된다는 것이죠.

자존감을 가지고 합리적으로 문제 해결을 하면 되는데

그게 쉬운 일이 아니잖아요.

적당한 경계에 서서 스스로를 컨트롤하기가 쉽지 않잖아요.

자만이 지나친 오만은 누군가 나를 사랑하는 데 장벽이 되고

경계가 지나친 편견은 내가 타인을 사랑하는 데 장벽이 되잖아요.

'우리의 마음은 육체가 깃든 빈 터'라는 말이 맞는 것 같아요.

그 밭에 무엇을 채우고 비울지도 스스로 결정해야 하니까 두려운 거죠.

그 밭에 소유하고 싶은 것들을 꽉 채울수록

마음의 밭에는 걱정의 무게도 늘어나잖아요.

자존감을 가지고 몸과 마음의 주인이 된다는 것, 쉽지가 않죠.

Post of thinking

삶의 기초가 되는 것은 자존(自尊)입니다.
자존을 영어로 표현한다면 Self-respect,
스스로를 사랑하고 귀하게 여기며 존경한다는 의미가 됩니다.
자존감이 높은 사람일수록 자신이 하는 일을 사랑합니다.

'목적어'를 향해 푸른 날갯짓을 하며
날아오를 거예요

나이가 들수록 하루를 시작하는 '목적어'를 생각하게 되요.
'목적어'를 생각하지 않고 시작을 하면 방향을 잃게 되어
뒤죽박죽인 하루를 보내게 되니까요.
'목적어'를 생각할 때마다 떠오르는 시가 있어요.

내려갈 때 보았네
올라갈 때 보지 못한
그 꽃

고은

17글자 속에 많은 의미를 함축하고 있는 고은의 시
'그 꽃'은 생각할수록 깊게 다가와요.
어떤 일을 시작해서, 몰입할 때에는 다른 것은 잘 보이지 않잖아요.
정신없이 오를 때에는 정상에 빨리 도착해야 한다는
강박증에 시달리니까요.
결과가 무엇이든 그 일이 끝났을 때

비로소 여유가 생기게 되니까요.

특히 '목적어'를 찾고 나서 내려가는 길에

피어있는 꽃을 보면 정말로 아름답다는 감탄사가 나오지만,

'목적어'를 찾지 못했을 때에 보이는 꽃은 아프게 다가오잖아요.

실패한 것들을 곱씹어 보면 기웃거리다가, 망설이다가,

잠시 미루다가 기회를 놓쳐버린 것 같아요.

기적은 매 순간 일어나지만 잡느냐 놓치느냐는

나의 능력이라는 것을 많은 시간이 흐른 후에 알았어요.

늘 후회는 늦게 찾아왔으니까요.

앞으로 내게 남은 기회가 얼마나 있을지 모르지만 내 것이라면 잡아야죠.

무엇과 비교하지 말고 내 것만 바라보며 살아야죠.

아름다운 꽃도 내 것이 되어야 나에게 의미 있는 꽃이 되니까요.

나는 오늘의 '목적어'를 향해 푸른 날갯짓을 하며 날아오를 거예요.

당신도 '목적어'를 제대로 찾는 당신의 하루가 되길 빌어요.

Post of thinking

'가지 않은 길(The Road Not Taken)'을 두고 고민하던 로버트 프로스트처럼
우리는 해야 할 생각, 일보다 쓸데없는 걱정이 앞을 가로막으며
행동 반경을 제어하는지도 모르겠습니다.

텍스트에 지친
하루였어요

세상은 관습, 제도, 도덕이라는 이름으로 나를 압박하죠.
그럼에도 불구하고 인간 세상에 정회원이 되려면
혹독한 좌절, 한계, 외로움을 극복하고
'높이 나는 새가 멀리 본다'는 사실을 증명했던 조나단처럼
치열하게 나답게 사는 거잖아요.
아무리 먼 길도 반드시 끝이 있고,
아무리 어두운 밤도 결국은 동이 트게 되어 있다고 하지만
오늘 나는 가고 가도 끝이 보이지 않아 텍스트에 지쳐 있어요.
이렇게 말하기 불편하지만 텍스트는 일상이고 사는 이유죠.
최근 텍스트 안에서 방황을 하고 주저앉을 때가 많아요.
심할 때는 노트북을 껴안고 찬 바닥에 웅크리고 앉아 울 때도 있어요.
오늘도 그런 날이에요.
당신의 웃는 모습을 보면 힘이 날 것 같아요.
저번 주말에 본 당신의 눈빛은 반짝반짝 빛이 났어요.
당신을 보는 동안에는 신비로운 마법의 시간이 되죠.
사랑에 대한 은유는 내 일상을 더디게, 부식하게 만들어요.

끈끈한 친밀감은 아무것도 '계산'하지 못하게 만들죠.

그저 맹목적으로 매달리고 이기적으로 투정부리게 되죠.

텍스트에서 받는 스트레스와 결핍을

사랑으로 온전히 채워줄 수 있게 되죠.

'나'를 맡김으로써 평온을 찾게 되는 것 같아요.

오늘은 나를 포장한 화려한 형용사를 다 벗어버리고

아무것도 걸치지 않는 첫 모습으로 당신 어깨에 오래도록 기대고 싶어요.

Post of thinking

일주일에 한 번은 쌓여가는 시간을 점검합니다.
찍힌 나의 지문 하나하나에 의미를 부여하면서.
질문을 멈추지 않겠습니다.
가끔 비워냈다 싶으면 다시 채워지는 것들이 있습니다.
밀려드는 욕망에 쏠려가다 보면 한 번쯤 빠져들고 싶은
내 눈과 입, 손발을 물들이는 것들이 있습니다.
"너희는 무엇과 맞닿아 있니?"

망설이고 주저하고
흔들리다가

오늘도 망설이고 주저하고 흔들리다가
내가 만든 프레임에 나를 가두었어요.
편안함이 무지갯빛으로 전신을 휘감고 있어요.
손대면 툭 터질 것 같은 애드벌룬처럼
경험에서 익숙해진 고독에 빠져드네요.
그것이 폐쇄적으로 길들여졌다고 해도 괜찮아요.
낯섦보다 익숙함이 때로는 안정감을 주니까요.
그게 아니라면 또 흔들리고 휘청거려 앞으로
내디딜 용기가 없을 테니까요.
변화를 갈망하지만 당장 실천하기가 두려워요.
중요한 선택의 순간을 놓친 것 같아 아쉽지만,
포기가 아니라 변화를 잠시 미루기로 했어요.
당분간은 내 안에 담은 소소한 것들을 지키며 살고 싶어요.

실천하지 못한 약속들은 일회성으로 약속이 되어 한 겹의 바람에도
멀리 날아가 버립니다. 내내 꿈꾸었던 변화의 증거물을 찾기 위해
성급해지고 초조해집니다. 심장이 경고를 보낼 만큼.

돌아보니 한여름날의
햇살보다 짧았어요

쓰러지기를 여러 번 하고 더 이상 일어날 힘이 없어
식물인간처럼 드러누운 채로 말한 적이 있어요.
"포기하는 거야, 다시 시작해봐야 달라질 것은 없어.
삶은 공평하지 않아."라고.
그러나 나를 돌아보는 시간이 많을수록 혼자 있는 시간이 길어질수록
살겠다는 욕망은 더 커져가고 도전해야겠다는 마음은 단단해져 갔어요.
벼랑 끝이 결코 절망이 아니라 그 너머에는 희망이 존재한다는 것이에요.
후회와 반성 깊은 고민이 삶의 끈을 붙잡게 되는 동기가 되고
더 많이 노력하도록 채찍질하고 독려한다는 것이에요.
불가능한 것을 가능하게 만들어야 내가 바라는 곳을 가게 되고
원하는 것을 얻게 되어 새로운 역사를 만든다는 것이에요.
절망의 숲에서 허우적거리다가 깨달은 것이 많지만
우여곡절을 다 겪고 나서야 내가 껴안은 것이 있다면,
세상에는 나보다 잘난 사람, 나보다 못난 사람은
어디를 가나 반드시 존재한다는 것이에요.
다만, 내가 상처를 덜 받기 위해서는

비교의 상대를 줄여가야 하고 헛된 욕심을 빨리 버려야 해요.

비우고 버리고 털어내야 해요. 그것이 마음에 상처를 덜 받게 되죠.

욕심을 가지고 세상을 바라보던 때에는

바로 앞의 이정표도 잘 보이지 않더니

마음을 비우고 세상을 바라보니 멀리 있는 이정표까지 보이네요.

이 모두가 '내려놓음'의 효과 때문이겠죠.

티베트 속담에

'충분히 갖고 있다고 느끼는 사람이 부자다'라는 말이 있잖아요.

행복은 '넘침'이 아니라 '적당함'이었어요.

온몸으로 노를 젓는 어부처럼 목숨을 걸만큼

열심히 앞만 보고 달려왔지만

돌아보니 산다는 것은 한여름날의 햇살보다 짧았어요.

앞으로 나에게 예정된 시간이 얼마나 남아 있을까요?

가장 아름다울 때 추락하는 동백꽃처럼 살고 싶어요.

앞으로 좋은 향기를 내는 아름다운 꽃을 피울 날이 얼마나 있을까요?

있다면 언제쯤일까요? 좋은 향은 백 리, 천 리도 간다는데….

나에게도 그런 날이 올까요?

언제쯤이면 출구 없는 이 몹쓸 욕망을 붙들고

휘둘리는 나를 편안히 쉬게 할까요?

내일이면 또 헛헛해진 마음을 채워줄

새로운 태양은 떠오를 텐데 마음이 무거워져요.

얼마나 지독한 인고의 세월을 보내야

'내 것'과 '남의 것' 정확하게 구분하는 반듯한 시각을 가질 수 있을까요?
자신의 모든 흔적을 지우기 위해 뜨겁게 타오르던 태양도
해질녘이면 자신을 바다에 던지듯,
내 품에 잠시 안겼던 눈부신 욕망도 슬픈 생채기만 남기고 떠나가네요.
한 번쯤 빠져들고 싶었고 그래서 내 눈과 입 그리고
마음까지 붉게 물들이던 헛된 욕망도 흘러가네요.
또 이렇게 버리지 못한 욕망을 꺾어 욕심을 내려놓으며
무수히 충돌했던 일 년 동안의 삶을 추억 속으로 떠나보내고 있어요.
후회가 많을수록 반성의 시간이 길수록 삶은 겸손해지는 것 같아요.
시간 앞에만 서면 이렇게 순한 양이 되어 겸손해지니까요.
떠나면 잊히는 것이 순리인데 난 언제쯤이면
넉넉한 마음으로 받아들일까요?

Post of thinking

짧은 빗줄기가 훑고 지나간 하늘에
욕심 없는 새털구름이 덩실덩실 춤을 춥니다.
회색빛 빌딩 숲 속에는 낯선 것들이 빠르게 움직입니다.
잡힐 듯 잡히지 않는 자유로운 상념이 쑤욱 고개를 내밉니다.
지금 나는 어디로 가고 있는 걸까요?

구체적인 절망의
쓰레기 더미에 파묻혀
허우적거리다 보면

얼마나 울었으면 물푸레 잎이 마르듯 눈물이 말라 버렸어요.
얼마나 울었을까요. 5분마다 수십 번 울려대던 알람시계도
지친 듯 저절로 멈춰버렸어요.
내가 선택한 길이 여전히 안개 속이네요.
나 어디로 가야 할까요?
얼마만큼 가야 빛이 있는 출구가 보일까요?
이 순간 성경의 한 구절이 떠오르네요.
'내가 너와 함께 있어 네가 어디를 가든지 너를 지키며
내가 네게 허락한 것을 다 이룰 때까지 너를 떠나지 않으리라.'

치솟는 슬픔에 눈을 감았어요.
갑자기 사강이 생각이 나고 전혜린, 기형도의
처절했던 순간이 스쳐 지나가네요.
아마 그들도 악을 쓰며 자신과 싸우다가
벼랑 끝에서 오른쪽의 삶이 아니라 왼쪽의 죽음을 택한 것 같아요.
나를 방어하기 위해 키웠던 은둔, 고독이 부메랑이 되어

내 목을 치는 느낌이에요.

내가 웃으면 세상이 나를 위해 웃고 내가 울면

세상이 나를 위해 울어 줄 거라 생각했어요.

이유는 세상을 위해 반듯하게 살아왔다고 생각하니까요.

그러나 내가 웃을 때도 함께 웃어주지 않았고

내가 울 때는 더 많이 울어야 하는 이유를 만들어 주었어요.

나를 짓누르는 이 무게를 던져버리고 싶어요.

그리고 조용히 저물고 싶어요.

세상 밖으로 뻗어있는 뿌리를 거두고 싶어요.

슬픔에 베인 아린 기억들이 붉은 피가 되어 내 앞에 뚝뚝 떨어져요.

사람들은 말하죠. 죽음보다 고통의 이 순간이 평화일 거라고.

이 차가운 마룻바닥이 천국일 거라고.

밤새도록 아픈 줄 모르고 긴 손톱으로 심장을 긁어댔어요.

손톱에 피가 고였어요. 흐르는 눈물에

난폭하게 흘러갔던 시간을 불러 곁에 앉혀 두었어요.

잔인한 고통을 느끼며 더 큰 고통을 쏟아부었어요.

탈피를 하려고 죽도록 버틸 때까지 절망의 숲에서 나뒹굴 거예요.

구체적인 절망의 쓰레기 더미에 파묻혀 허우적거리다 보면

그 너머로 건너가겠죠. 희망이 선명하게 보일 때까지 견뎌 이겨낼 거예요.

나를 위해 기도해 주실 거죠?

희망이든 절망이든 의도하지 않은 번짐으로 확대되면 끝이 보입니다.
또 이렇게 고해성사하며 하루를 일기장 위에 올려놓습니다.
일의 영킴 때문에 절망 한 줌,
인간관계의 미숙 때문에 눈물 한 줌,
내일은 오른쪽을 향하여 조금 더 침착하게, 진중하게 나아가렵니다.

나를 아프게 하는 사람도
타인이 아니라 '나'라는 것이에요

때로는 현실의 나를 있는 그대로 받아들이기가 쉽지 않아요.

자아를 찾기 위해 거울에 비친 자신의 얼굴을 들여다보며

잔주름, 주근깨 하나라도 정확히 잡아내듯

나의 전부를 있는 그대로 보여주고 받아들이기란 쉽지가 않아요.

특히 사랑하는 사람에게는 더욱 신경이 쓰이잖아요.

마치 얼굴에 짙은 메이크업을 하듯, 가면을 쓰듯, 결점 전부를 가리거나

메이크업 베이스로 약간의 결점을 가리고 싶어지니까요.

가리면 가릴수록 덮으면 덮을수록 정체성을 찾는 것이 말이 안 되잖아요.

집에서는 된장찌개를 즐겨 먹는 사람이

애인을 만나면 스테이크를 먹는 '어울리지 않는 조화'처럼 말이죠.

평상시에는 하지 않는 그런 행동이

나를 고민에 빠지게 하고 쓸데없는 걱정을 만드네요.

이렇게 차려입고 가면 고상해 보이지 않을까?

이것을 먹으면 품위 있어 보이지 않을까?

남의 시각에 초점을 맞추다 보면 내가 불편해지고

내가 힘들어지는데 말이죠.

무척 오랜만에 나를 돌아보는 시간을 가졌습니다.
자꾸만 느슨해지는 마음을 잡아당겨 매듭을 묶어야 합니다.
정확하고 냉정하고 무엇보다도 선명하게 내가 나를 보도록.

내 인생의 주인공은 '나'인데 자꾸 남의 시선에 주위를 기울이게 돼요.
그래서 가끔 누군가에게 끌려가는 듯한 불쾌한 생각이 들기도 하고요.
있는 그대로의 결점투성이인 나를 사랑할 때
내가 좋아지고 내가 당당하고 나를 믿게 되고 나를 지지하잖아요.
그게 말처럼 쉽지가 않아요.
결국 나를 아프게 하는 사람도 타인이 아니라 '나'라는 것이에요.
모순투성이의 나를 온전히 사랑하기가 쉽지 않은 오늘이에요.

발목을 다치신 어머니는 병원에 가신다며

외출 준비를 하시는데 눈이 많이 내리네요.

오랜만에 쉬는 딸 몰래 다녀오시려고 조심스레 준비를 하시는 어머니,

눈길에 넘어지시기라도 하면 더 큰일이기에 같이 따라 나섰어요.

어머니가 진료 받으시는 것도 지켜보고,

약국에 가서 처방전으로 약도 샀어요.

집으로 오는 길에 집 근처 식당에서 '감자옹심이'를 사드렸는데

어머니는 아이처럼 활짝 웃으시며 너무 좋아하셨어요.

그런데 마음이 짠해지는 이유가 무엇일까요?

자꾸만 야위어가고 작아지는 어머니의 모습을 볼 때마다 마음이 아프네요.

효도할 시간이 그리 많지 않다는 것이 느껴지고요.

생각해 보니 살기 힘들다는 핑계로 어머니와

밥을 같이 먹은 지도 오래되었던 것 같아요.

학생일 때에는 내 밥 먹고 가기 바빠

어머니 밥 드셨냐는 말 제대로 못했고

직장을 잡아 사회인이 되었을 때에는

시간이 없다는 핑계로 제대로 챙겨드리지 못했고

글을 쓰는 작가의 자리에서 돌아보니 못난 자식이란 생각만 드네요.

어머니가 차려주신 밥을 먹은 지가 오래되었어요.

어쩌면 어머니가 차려주시는 밥상을 영원히 마주하기 힘들지 모르지만

식당에서 밥을 사 먹을 때마다 어머니가 끓여주신 된장찌개가 그리워요.

오늘따라 바다처럼 포근했던 어머니의 품 안이 그립네요.

나보다 더 여위신, 내가 안기기에는

너무나 작아지신 어머니의 모습이 안쓰럽고요.

언제나 자식이 오길 기다리며 아침부터 마냥 설레셨을 당신,

늘 이런저런 핑계를 대며 당신과의 해후를 미루었던

못난 자식임에도 불구하고

따뜻한 밥을 지어 아랫목에 넣고 기다리셨던

어릴 적의 어머니가 떠오르네요.

김치 국물이 발갛게 배인 손으로 이것저것

밥 위에 올려주시던 밥 한 끼가 참 그립지만

이제는 그 밥을 먹기가 너무 죄스럽다는 생각이 들어요.

마른 몸을 새우처럼 구부리고 주무시는 엄마의 손을 가만히 잡아 보면

까칠한 손에서 지금도 양념 냄새가 나요.

어머니를 생각하니 마음이 무거워지는 밤이에요.

세상의 모든 자식들의 뿌리는 어머니이고 어머니는 자식의 배경이잖아요.

넘치면 넘치는 대로 부족하면 부족한 대로

정성을 다해 자식을 키우잖아요.

그런 어머니를 위해 손이 되고 발이 되어 주어야 하는데.

비바람도 막아주고 햇볕도 쏘여주는 든든한 배후가 되어야 하는데.

여전히 멀기만 하고 깊은 고민에 빠지게 하는 헛헛해지는 밤이에요.

Post of thinking

나에게는 정성껏 연필을 깎아 주시던 정직한 아버지가 있었습니다.
나에게는 붉은 립스틱을 바르고, 출근하는 아버지에게 "잘 다녀오세요."라며
인사하는 다정한 어머니가 있었습니다.
나에게는 교복을 입고 책가방 들고 학교 가는 공부 잘하는 오빠가 있었습니다.
나에게는 유치원 교복을 입고 아장아장 걸어가는 귀여운 동생이 있었습니다.
세상에서 가장 든든한 가족이 있었기에 오늘의 '내'가 존재하는 이유입니다.

인연이 아니었기에 만남과 동시에
이별이 진행되었겠지요

비가 그치고 하늘에 오색찬란한 무지개가 피었어요.

비와 햇볕 사이의 어두운 벽까지 무지개가 화려하게 수를 놓았어요.

사람 사이의 틈새도 자연처럼 정리가 된다면 얼마나 좋을까요?

문밖에서 서성이는 사람, 안에서 밖을 기웃거리며 경계하는 사람

그 사이에는 단단한 벽이 있어요.

얼마나 많은 소통의 부재들이 바람처럼 떠돌다가

콘크리트 벽에 갇혔을까요?

물어뜯고 싸우는 것보다 벽이라도 세워 서로 보지 않고

견디는 것이 옳은지도 모르겠어요.

강원도로 여행을 떠나오기 전, 우연히 오래전 헤어진 옛 사람을 만났어요.

살면서 두 번 다시 마주칠 일이 없을 거라 생각했어요.

마주치기가 너무 싫어 이별과 동시에 높은 성벽을 쌓아둔 날들.

그래서 기억에서조차 지워진 사람이었어요.

몇 년의 시간이 마음속의 삭제 버튼 하나로 모두 지워졌으니까요.

아무리 추억을 곱씹어 보아도 생각나는 것이 하나도 없으니까요.

사람을 만나 인연을 맺고 그 사람의 존재 가치는 이별해봐야 안다는 것을,

나라는 사람도 그 사람에게 관심이 없는 존재이길 바랐어요.

그 이유는 서로가 만나지 말았어야 할 인연이었으니까요.

사랑하는 사람이라면 나에게 꼭 필요한 사람이라면

처음 만난 출발역에서처럼 돌아서는 도착지에서도

한결같은 마음이어야 하니까요.

하지만 출발역과 도착지에서 다른 생각 다른 느낌을 갖는다면

인연이 아니에요.

분명 나에게는 맞지 않지만 다른 누군가에게 잘 맞는 사람이겠지요.

그 어떤 사람이든 반드시 누군가에게는 소중한 사람이니까요.

나에게 맞는 반쪽이 같은 하늘 아래 반드시 있을 텐데요.

마음이 가는 곳에 몸이 따라가니까

몸과 마음이 하나가 되어 움직인다면 그 사람은 나의 반쪽이겠지요.

나를 있는 그대로의 나로 봐주고

만나고 돌아서도 계산하지 않고

무게를 달지 않고 마냥 편안하고 웃음이 나는 사람,

내가 가진 것을 아낌없이 다 내어 줄 수 있는 사람이 나의 반쪽일 텐데요.

인연이 아니었기 때문에 몸과 마음이 따로 놀았던 것 같아요.

몸은 함께 있어도 마음은 다른 곳에 있었으니까요.

몸은 함께 밥을 먹는데 마음은 다른 곳에서

다른 사람을 만나고 있었으니까요.

이것도 아니고 저것도 아니어서 허공에서 흩어지는 바람이었던 거죠.

마치 잎사귀에 떨어지는 물방울처럼 따로 흘러내린 거죠.

스치는 인연이었기에 하나가 되지 못한

엇갈린 감정들이 둘을 갈라놓은 거죠.

인연이 아니었기에 만남과 동시에 이별도 진행되었겠지요.

나에게 맞는 인연을 만나는 것이 성공한 사람이란 생각을 했어요.

오늘은.

Post of thinking

기다려도 오지 않을 것 같은 사람을 억지로 만나고 온 날.
주파수가 어긋나 얼음 조각을 삼킨 것처럼 삶의 순간이 차갑습니다.
그리운 사람을 잃을 수 있는 건 때가 정해져 있지 않다는 것,
지킬 수 있을 때 지켜야 한다는 것을 이별이 찾아온 순간 알았습니다.
행복하면 좋겠습니다. 모두가.
더 이상 아프지 않길 바랍니다. 그 누구도.

토닥토닥
"힘내"

여전히 시작하지 못해도, 여전히 나아진 것이 별로 없어도,
내 마음이 나를 중얼거리게 만드네요.
"이젠, 도전해야 해.
충분히 생각하고 또 생각했으니까.
지금 시작해야 목적지에 도착할 수 있어.
벌써 3월이야."

진달래 꽃잎이 어깨를 두드리며 말하고 있어요.
토닥토닥 "힘내"

Post of thinking

"꼭 해야 하는데…"라고 수백 번 말해봐야
도전하지 않으면 기회는 달아나고 얼마 후 "했어야 했는데…"로 바뀝니다.

'내가 할 수 있을까?'라며 자신을 폄하하지 마세요.
실패하더라도 보상은 찾아옵니다.

척박한 땅에서 피어나는 장미가
향기가 짙고 오래갑니다.

울지 마라
힘들고 아프고 슬퍼도
그 또한 지나가게 되어 있다
그러니 초조해하지 마라
네가 한 걸음씩 나아갈 수 있도록
내가 너의 곁을 지킬 테니

PART 2

그
말은
외
로
웠
습
니
다

오랫동안
'우두커니'가 될 것 같아요

지독한 사랑은 이렇게 아픈가 봐요.
너무 오래도록 새벽안개 같은 당신에게 취한 나,
이제는 애착인지 사랑인지 분간하기도 어렵네요.
애착의 굴레에서 벗어나고 싶지만 윤회의 굴레까지 벗어날까봐 두려워요.
눈의 마주침, 마음의 겹침, 가슴의 떨림,
그것이 내가 당신을 사랑한 이유였어요.
당신은 연애도 하고 결혼도 하고 싶은 유일한 남자였어요.
당신을 떠나보내기 싫은데 해야 할 말은 하지 않고
하지 말아야 할 말만 했던 것 같아요.
당신 곁을 떠나기 싫어 현실을 외면하며 살았죠.
그 대가로 아픔은 높은 강줄기로부터 아래로 아래로 흘러
당신과 나를 망망한 바다 한가운데로 데려갔어요.
세상은 내 편이 아니었지만 당신만큼은 내 편이라고 느꼈으니까 행복했죠.

어느 영화에 나오는 말처럼, 당신에게 좋은 사람이 되고 싶었죠.
그리고 나 때문에 당신이 좋은 사람이 되기를 바랐죠.

내 인생의 멘토이자 팔로워였던 당신, 나를 최고의 여자로 느끼게 해주고
더 좋은 사람이 될 수 있게 나를 도와줬던 사람.

그래서 존경과 사랑을 모두 바친 내 유일의 신이었죠.

뒤늦은 고백이지만 당신 삶의 시계가 되어 따라다니고 싶었으니까요.

사랑하는 동안 나를 버리니 내가 당신이 되었고

내가 당신이 되니 다시 나를 찾았으니까요.

당신에게 얼룩처럼 번져 스며든, 그래서 지독히 아프게 물든 사랑

이제는 그 사랑을 내려놓아야 하는 거죠?

이제 사랑이라는 이름으로 존재했던 그 숲은 갈 수가 없겠지요.

피톤치드 향이 좋았던 편백나무 숲이 잊히지 않아요.

아마도 오랫동안 '우두커니'가 될 것 같아요, 나는.

Post of thinking

사랑해야 할 수백 가지 이유보다도
사랑하지 말아야 할 하나의 선명한 이유 때문에
내려놓아야 할 때가 있습니다.
사랑도 예정된 순서에 따라 그런 힘에 의해 흘러가는 것 같습니다.

이별을 견디는 비결은 왔던 길로
돌아가는 것이 아닙니다

그때는 그랬습니다.
지나간 사랑에 집착하고 아파하며 내가 미워 나를 학대하기도 했습니다.
그러나 집착하고 아파할수록 앞으로 한걸음도 내디딜 수가 없었습니다.
과거라는 시간 속의 인물을 훌훌 털고 보내줘야 하는데
마음으로 용서하고 잊어야 하는데 그렇게 하지 못했습니다.

바보처럼 울기만 하고 스스로를 아프게 했습니다.
바쁜 일상 속에 빠져 들었다면 더 좋았을 텐데요.
그렇게 하지 못했습니다.
과거 속에 나를 가두며 살았습니다.
한 걸음도 앞으로 나아가지 못했습니다.
그것이 그 순간의 최고의 오류였습니다.

이별에도 분명 이유가 있을 테고.
다시 만난다 해도 상처는 없던 것으로 되돌릴 수 없는데 말입니다.
이별은 곧 새로운 만남의 시작이었습니다.
더 좋은 인연을 만나기 위해 냉정해져야 했습니다.
이별을 견디는 비결은 왔던 길로 다시 돌아가는 것이 아니라
힘들어도 왔던 길을 돌아보지 않고
앞으로 한 걸음을 내딛는 것이었습니다.
앞으로 내딛는 한 걸음이 새로운 출발이니까요.
시간이 흐르다 보니 희미하게 흐려지고 잊히더이다.
이제는 생각도 의지도 돌처럼 단단해지고 있습니다.

널 만나는 동안에도 나는 외로웠다.
널 사랑하는 동안에도 나는 슬펐다.
너와 함께 있어도 난 혼자였다.
그래서 외로웠다.

이제 난 너를 보낸다.
일어나지 마라.
나의 울음소리가 널 모질게 흔들더라도
깨어나지 마라.

절제의 파란 옷을 벗어던지고
욕망의 빨간 옷으로 갈아입고 싶어요

가끔 마법에 걸려 기적이 일어났으면 좋겠어요.
덧셈, 뺄셈, 곱셈, 나눗셈이 서툰 나이지만 잠시만이라도 다 내려놓고
내가 아닌 남이 되어 자유롭게 살고 싶어요.
습관처럼 계산기를 두드리며 형용사로 아름답게 포장하기 위해
빽빽이 짜여진 스케줄에서 벗어나 우연에 기대고 싶어요.

절제의 검은 옷을 벗어던지고
마음 가는 대로 생각하며 행동하는 원초적인 사람이 되고 싶어요.
온종일 우두커니 살고 싶어요.
내 삶의 우회의 강인 잔인한 고뇌의 늪을 넘고 넘어
셈이 없는 욕망의 빨간 옷으로 갈아입고 싶어요.

세상의 짐 다 내려놓고 우연의 새가 되어
발길 닿는 대로 마음 가는 대로 날아가 그 나무에 앉아
남의 시선 생각하지 말고 맘껏 울기도 하고
적당한 경계에서 적당한 몸짓으로

적당한 바람에 흔들리기도 하며 단순하게 살고 싶어요.

오늘처럼 지치고 힘든 날에는.

단 하루만이라도 그렇게 살고 싶어요.

외롭고 쓸쓸합니다

지금 나는 치열하게 당신을 앓고 있습니다

그러나 당신은 너무나 먼 하늘 아래 있습니다

얼마나 많은 그리움을 텍스트 안에 풀어놓았는지 당신도 아실 겁니다

사랑이란 이름으로 나를 보낼 수 없음을
눈물로 토해내며

당신을 사랑한 내가 싫어 나를 버리고 싶은 오늘,
하늘도 슬퍼 눈물을 흘리네요.
투명한 와인 잔에 아픔의 눈물이 쏟아지네요.
베리 향이 그윽한 칠레산 와인을 혼자 따르고 마시네요.
나를 미친 그리움으로 물들게 만든 단 한 사람,
당신을 향한 사랑의 파티션, 이렇게 접어야 하나요?

언제인가 내게로 향한 연(緣) 하나를 조심스럽게 잡아당겼는데
그것이 당신과의 첫 인연이었어요.
수년을 당겼다 늦췄다, 풀었다 조였다 하며
간직한 사랑인데 이제 어찌해야 하나요.
그동안 서로에게 꽁꽁 묶어 두었던 사랑의 인연들.
슬픔과 기쁨, 행복과 불행, 아픔과 고통, 열정과 냉정
그 모두를 풀어야 하나요.
사랑에도 영혼이 있다면 나를 사랑한 당신의 영혼만이라도
꽁꽁 묶어 두고 싶은데요.

사랑이라는 것은 함께 할 때는 존재하지만 함께 하지 않을 때는
실체가 없는 과거라는 것을, 당신 떠난 오늘에야 비로소 알게 되었어요.
당신과 함께 할 때는 당신이 나에게 무엇인지도 몰랐는데
지금에야 당신이라는 사람이 세상에서
가장 소중한 사람이라는 것을 알게 되었어요.
이 밤 멀리서 들려오는 소쩍새 울음소리에
어쩌면 당신도 나를 그리워할 거란 생각을 했어요.
오늘 난, 레드 와인 병을 안고 내 사랑의 풍랑이 아무리 아프고 힘들더라도
당신 사랑 하나로 버티며 당신과 함께 했던 짧은 추억 속으로
마지막 여행을 떠나요.
당신에게로 가는 역, 마지막이 될지도 모르지만
오늘은 당신과의 기억 속으로 들어가 추억이라는 수액을
와인에 섞어 취하도록 마실래요.
너무 오래도록 당신에게 취해버린 나 더 이상 사랑이란 이름으로
나를 보낼 수 없음을 눈물로 토해내며
당신에게 도착하고 싶었던 마지막 사랑,
아름다웠던 인연(因緣)의 파티션 이젠 접을게요.
사랑이여, 그리움이여, 잘 가세요.
당신을 사랑해서 당신을 아프게 해서 정말 미안해요.

사랑할 수가
없습니다

오늘도 기다리는 전화는 오지 않고 당신의 아득한 체온만 전송되어 왔어요.
네모 박스에 찍힌 짧은 메시지.

〈사랑할 수가 없습니다.〉
내 심장에 비수처럼 꽂힌 당신의 짧은 메시지
당신, 어쩌면 그렇게 잔인할 수가 있나요?
당신은 메시지를 기다렸는지 모르지만 난 답장을 보낼 수가 없어요.

마지막 편지가 될 것 같아 두려웠으니까요.
당신과의 인연의 끈을 놓기가 싫었으니까요.
내 마음의 전부를 차지한 사람이라 생각했으니까요.
눈물만 주르르 소리 없이 흘러내리고 있어요.
당신이 보낸 짧은 메시지가 마지막 편지라는 것을 난 알고 있었으니까요.
난 아직도 당신에게 보낼 수 없는 문자 메시지만 저장해 두었어요.
당신 그리울 때마다 찾아 읽고 싶으니까요.

전원을 켜서 인터넷 익스플로러를 클릭하고
메일 박스를 열어 소중한 메일을 영구 저장하듯,
기억하고 싶지 않은 메일을 스팸 처리하듯, 인연도
영원히 기억할 수 있게 저장되고
때로는 한 번의 삭제 버튼으로 잊힐 수 있다면.

delete

난 늘
외로웠어요

당신과 함께 하면서도 난 늘 외로웠어요.
하나이지 못하는 사랑 때문에 난 늘 혼자였어요.
백일홍 꽃잎에 떨어지는 여름비도 모이다가 고이다가
끝내는 땅으로 떨어지듯
당신과 함께 하면서도 하나가 되지 못하고,
서로 다른 울음을 울고 서로 다른 웃음을 나누네요.
밤을 지새우며 울던 가로등의 불빛도
아침을 만나면 그 어딘가로 숨어 버리고,
백일홍의 붉은 꽃망울이 피어오르는 밤이 오면
나를 부르는 떨리는 당신의 목소리가 그리워요.
하지만 내가 죽도록 사랑하는 당신을 당장 만날 수도 부를 수도 없네요.
어디에서 무엇을 하는지 난 알지 못하니까요.
당신에게 묻기는 더욱 싫으니까요.
오늘은 원두커피가 싫어지네요.
깊은 머그잔에 커피 두 스푼을 넣고 독약 마시듯 억지로 넘기네요.
머그잔 속으로 떨어지는 눈물 한 방울과 함께 부서지는

당신의 얼굴과 목소리가 뒤엉키네요.

뜨거운 커피 연기에 아른거리는 당신의 긴 속눈썹까지 자세히 보여요.

당신이 보고 싶다고 말하고 싶지만 당신은 지금 내 곁에 없으니까요.

대답 없는 당신으로 인해 많이 슬펐어요.

어쩌면 난 그저 당신 주변을 맴도는 바람 같은 존재인지도 모르겠어요.

죽도록 사랑하는 당신을 전설 속의 존재로 내 안에 담아야 하나요?

Post of thinking

아무리 오래 기다린다고 해도
또한 평생을 바쳐 노력한다 해도
절대로 허락되지 않는 사람이란 있는 겁니다.
모든 것을 다 포용하고 이해한다 해도
완벽하다 싶을 정도로 좋은 사람이 된다 해도
절대로 얻을 수 없는 사랑이 있는 겁니다.

영화 <냉정과 열정 사이> 중에서

falling in love

당신 손길 닿으려
마음 먼저 길을 나서네요

종기처럼 곪은 나의 사랑, 이제는 터지려 하네요.

메스를 든 당신은 이리저리 두리번거리며 여전히 망설이고 있어요.

어둠을 베어버린 칼날 앞에 오늘이라는 순간은 기억의 창고로 숨어버렸고요.

어제는 오늘의 덫이고 오늘은 내일의 덫인 것을.

술의 취함은 자고 나면 사라지지만 사랑의 취함은 시간이 흐를수록

더 어지럽고 쓰리며 더 깊게, 더 서럽게 취하게 한다는 것을 당신은 아시는지요.

아직도 당신은 동쪽을 바라보고 있고 난 서쪽을 바라보고 있네요.

언제쯤 우리는 한 방향을 바라보며 눈을 맞출까요.

오늘도 당신 손길 닿으려 마음 먼저 길을 나서네요.

당신이 내게로 흘려놓은 언어의 조각들,

내가 당신을 향해 뱉은 단어들을 하나둘 주워 담아

퍼즐 맞추듯 정리하고 있어요.

여전히 안개 속인 당신과의 인연이지만 기다림이 있어 그래도 행복하네요.

기다릴 사람이 있다는 것, 그것은 축복일 것이니까요.

당신에게도 나에게도 따뜻한 축복이리란 생각을 했어요.

Post of thinking

그림자놀이를 했습니다.
술래잡기를 하면서.
한 번은 내가 술래가 되고
또 한 번은 당신이 술래가 되어
내 님이 오실 때까지 술래잡기를 했습니다.

불꽃같은 나의 욕망을
드러내고 싶지 않아요

당신으로 향하는 의식을 오래도록 간직하기 위해
함께 좋아했던 것들을 떠올리고 있어요.
하늘이 내린 시간에 따라 열고 닫히는 아름다운 바다,
청계천, 한강 산책로, 제부도의 기억들을 영구 저장하고 있어요.
우리 사랑은 여전히 당신의 숨결이 느껴지고 욕망의 불꽃이 타오르고 있어요.
하지만 마음의 뒤쪽에서는 눈물이 흐르네요.
그리움의 눈물보다 고독의 눈물이 깊은 강을 만드네요.
별처럼 반짝이는 단단한 외로움의 눈빛, 나를 덮치기 위해 다가오는 것 같아요.
뼈아픈 지독한 사랑, 차라리 산이라도 껴안고 비가 되어 울어봤으면,
바다라도 껴안고 비가 되어 울어봤으면,
빗물처럼 언제쯤 소리 없이 스며들까요. 당신은 나에게 나는 당신에게.

당신을 기다리는 외로운 머그잔도 저 혼자 울고 있네요.

잔뜩 흐린 하늘에서 굵은 눈물방울이 쏟아지네요.

이 간절한 그리움을 묶어 편지로 보내면 무사히 도착할 수 있을까요?

냇물은 강물과 만나고 강물은 다시 바다와 하나가 되는 것처럼

하늘과 땅이 마주하고 해와 달이 마주하고 나와 당신이 하나 되는 것,

그것이 내가 원하는 나의 사랑이에요. 당신을 떠올리는 순간

머릿속을 수없이 오가는 아름다운 영상들이 밖으로 튀어 나오죠.

당신이 남긴 지문은 생명이 다하는 날까지 붉은 문신으로

내 심장에 박혀 있을 거예요.

그 누구도 볼 수 없고 그 누구도 훔쳐갈 수 없는 내 심장에 숨겨 두었어요.

배고플 때마다 외로운 마음이 문밖에 나가 당신 발자국 소리를 기다리고 있어

요. 무슨 이유인지 모르지만 숱하게 뒤척이다 잠들어도

내 욕망을 드러내고 싶지는 않아요.

불꽃같은 나의 욕망을 서둘러 드러내고 싶지 않아요.

천천히 느리게 당신 품에 안겨 잠들게 될지라도.

Post of thinking

오늘은 미세한 바람에도 마음이 흔들립니다.
당신 목소리에 내 몸이 떨리고
당신 눈길에 내 마음마저 떨렸는데
함께하지 못한 오늘, 내 마음이 흔들립니다.
바람에 나부끼는 나뭇잎처럼.

그게 여전히
'두려움'입니다

선택에 대한 실수로 뼈저리게 후회하고 가슴 치며 통곡한 적이 있어요.
내가 선택한 나의 행동이 오류가 나 맘에 들지 않아 내가 미워질 때가 있어요.
실수를 하지 않기 위해 철저히 생각하고 분석하는데도
삶에 있어 오류는 생기네요.
나이가 들어 이제는 직관에 따른 선택을 해도 실수를 하네요.
실수를 할 때에는 숨어들 곳을 찾거나 내가 '너'였으면
'그'였으면 하고 바랄 때가 있어요.
하지만 아무리 후회하거나 돌이키고 싶지 않아도
엎질러진 물은 주워 담을 수가 없잖아요.
겸허히 현재의 나를 인정하고 받아들이며 위로하고 아껴주어야 하는데요.
그것이 마음대로 되지 않아 나를 억지로 지치게 하고
나를 함부로 대할 때가 있어요.
그런 나도 맘에 들지 않지만 그렇게 채찍질을 해야
두 번 다시 같은 실수를 하지 않을 것 같아요.
그럼에도 선택에 대해 '두려움, 갈증'을 여전히 느끼게 돼요.
사람을 선택하는 데는 여전히 직관의 힘이 부족하다는 것을 느끼게 돼요.
때로는 감정에 치우쳐 결정하기도 하고 때로는 지나친 이성에 무게를 두죠.
사람을 선택하는 데도 너무나 서툴고 감정에 흔들리니까요.
그게 여전히 '두려움'입니다. 나에게는.

신은 인간에게 태어남과 죽음에 대한 선택권은 허락하지 않았지만
그 밖의 것에는 선택할 수 있는 자유를 주었습니다.
그러나 선택을 할 때에는 '얼음(ice)처럼 냉정하라'는 뜻에서
Choice안에 ice를 심어 두었습니다.

노란 해바라기 꽃

노란 해바라기 꽃을 받고 보니 눈물이 나네요.

벼랑 끝이 보이네요.

현기증이 나고 숨이 막혀요.

지금까지 어떻게 버텼을까요.

지금까지 어떻게 숨 쉴 수가 있었을까요.

걸어온 길이 보이지 않아요.

앞으로 걸어갈 길도 보이지 않아요.

고통의 연속이 사랑일까요.

외로움의 연속이 사랑일까요.

미련의 연속이 사랑일까요.

뒤늦게 쌀알만 한 꽃들을 다닥다닥 피워내네요.

그 무엇보다 많은 해바라기 꽃이 돌아서는 당신 마음을 끌어당겼으면.

당신과 나의 꽃으로 피었으면.

타는 듯한 떨림으로 당신을 향해 주파수를 맞춰요.

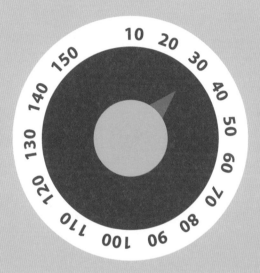

사랑보다 더 큰 고통이 있나요?

영화 <러브 액츄얼리> 중에서

오롯이
내 길 위에 서 있어요

휘어져 내리는 눈 때문에 걸어가는 사람들까지 휘어져 보이네요.
유리창을 타고 흘러내리는 눈의 입자 속에 아픈 사연들이 심장을 두드려요.
가야 할 길을 가지 못하고 도랑에 빠진 기억, 가다가 넘어진 기억,
내 길이 아닌 것 같아 돌아서 나온 기억들이
녹아내리는 눈 조각과 오버랩이 되네요.
녹아내리지 못하고 이리저리 떠돌던 눈 조각이 나지막이 나에게 묻죠.
"가지 않고 거기서 무엇을 애타게 기다리느냐고."
가야 할 길을 벗어난 나를 향해 단호한 목소리로 다시 묻죠.
같이 출발한 사람들은 산 넘고 강을 건넜을 거라고.
가야 할 내 길은 안개 속에 가려져 보이지 않고
무엇이 이토록 내 몸과 마음을 붙들고 있는지
이런 나도 모르겠다고 조용히 대답을 했어요.
사람들은 가고 나는 여기서 절박하게 기다리지만
무엇을, 누구를, 왜, 기다리는지 이런 나도 잘 모르겠어요.
아무래도 내가 가야 할 길은 나를 오도 가도 못하게 숨은 것 같아요.
휘어져 내리는 눈 속을 아픈 과거들이 글썽이며 걸어 다녀요.

미처 지우지 못한 이름 하나가 흰 옷을 입고 창문을 두드려요.

입술을 깨물고 눈물을 억누르지만 나약해진 마음은 또 흔들리고 시달리네요.

이토록 아플 줄 알면서도 내 아픔을 대신 아파해 줄 수도 없음을 알기에.

안간힘을 써가며 오롯이 내 길 위에 서 있어요.

Post of thinking

돌아가리라. 돌아가리라.
다짐하면서 펑펑 내리는 눈을 맞습니다.
걸어온 길이 보이지 않습니다.
걸어갈 길도 보이지 않습니다.
그칠 줄 모르고 쌓이는 눈을 바라보며
혼자 중얼거립니다.
나, 어디로 가나요?

시간에는 보이지 않는
힘이 있나 봐요

시간이 흐르네요.
해도 달도 별도 따라 흐르네요. 나도 따라 흐르네요.
시간에는 보이지 않는 힘이 있는 것 같아요.
시간은 흐르면서 주변을 변화시키니까요.
시간이라는 것은 강한 씨앗에 싹을 틔워 나무로 성장시키고,
튼튼한 동물로 자라게 하니까요.
사람도 강한 것들만 강하게 성장하니까요.
나약한 모든 것들은 스스로 일어나도록 기다리다가
버틸 여력이 없는 것들은 버리니까요.
시간의 흐름과 함께 물방울이 돌을 뚫듯이
무엇이든 용기 있고 인내심 강한 것들만 존재하는 것 같아요.
시간은 그 어떤 질문에도 침묵으로 일관하지만
살아 움직이는 모든 것들은 시간에 의해 태어나고 사라지죠.
사람과 사람 사이에서 만들어지는 사랑도 강해야만 존재하죠.
어쩌면 살아 움직이는 모든 것들은 학습을 통해
익숙하게 길들여져야 편안함을 느끼도록 그렇게 만들어졌는지도 모르죠.
강물은 흐르면서 무거워지고 깊어지지만
인생은 흐를수록 가벼워지는 것 같아요.
강물은 자신이 지나온 길을 지우지만
사람은 지나온 흔적에 깊은 발자국을 남기네요.
모두가 시간과 함께 태어나서 성장하다 사라지는 것들이니까요.

시간은 내가 묻는 질문에 단 한 번도 속 시원한 대답을 해준 적이 없습니다.
그러나 내가 잘못 선택한 것에 대해서는 잘못됐다는 메시지를 보내옵니다.
내가 지치고 힘들 때에는 몸을 아프게 해서라도 잠시 쉬어가게 합니다.

생일날 삼척에서
밤을 보냅니다

생일날 삼척에서 밤을 보냅니다.
고구마를 구워먹기 위해 난로에 장작을 집어넣을 때마다
타닥타닥 타들어가는 소리와 함께 불꽃이 사방으로 퍼져나갑니다.
밤이 깊어갈수록 빛나는 당신의 눈동자처럼 선명히 다가옵니다.
이십 대 후반 나의 가슴을 뛰게 했던
당신이 쏟아낸 무수한 희망의 말들이 불꽃과 함께 한꺼번에 떠오릅니다.
밀려왔다 쓸려가듯 가슴 뛰게 했던 불꽃같던 화려했던 순간들이
평화롭게 지나갑니다.
진실이든 진실이 아니든 추억할 수 있는 기억이 많다는 것은
분명 열심히 살았다는 증거겠지요.
훗날 한적한 시골집에서 홀로 생일을 보낸 이 순간도
어떤 의미로든 기억이 되겠지요.
평화로운 날로 기억되길 바라는 마음입니다.
가끔 슬픈 현실에 부딪치면 행복한 순간을 밀어내며 살아가지만,

파도처럼 잠시 출렁이다 사라질 순간이지만 그럼에도
고단했던 것보다 가장 즐거웠던 순간이 더 오래 기억되었으면 합니다.
활활 타오르는 섬광 같은 장작 불꽃이 아니면
시골의 밤풍경은 온통 새까맣습니다.
겨울바람에 날아가는 불씨는 하늘로 날아가 반짝이는 별이 될 듯합니다.
가족, 사랑하는 것들을 포함한 내가 지켜야 할 것들을 욕심 부리지 않고
소중히 보듬고 살아온 나에게 내일 다시 고단한 일상을 맞이하더라도
평화롭게 흘러가는 이 순간을 느끼고 싶습니다.
생일날 7번 국도의 어느 시골 민박집에서 낯선 고구마와
인스턴트 봉지 커피를 먹으며, 외롭지만 고독을 즐기며
나를 돌아본 시간도 오래도록 기억되리라 믿습니다.
일상이 아무리 외롭거나 힘들거나 지쳐도
삶의 마디마다 찾아오는 착한 쉼의 시간이 있기에
산다는 것은 여전히 희망적이란 생각을 합니다.
가늘게 퍼지며 시들어가는 불꽃 사이로 어렴풋이
당신의 미소 짓는 얼굴이 보입니다.
같은 하늘 아래 어딘가에서 잠을 청하고 있을
당신에게도 평화가 깃들기를 바랍니다.

Post of thinking

나는 생일을 핑계로 집을 비웠습니다.
심장에 각인된 푸른 눈빛을 떠올리며 흘러갑니다.
물 밑에서 흐르는 물처럼 나는 당신으로만 흐릅니다.

당신이 참 좋습니다

Think Word

가진 것 많지 않아도
마음이 따뜻한 당신이 좋습니다

언제 달려가 안겨도
마음 편히 쉴 수 있는 넉넉한 당신이 좋습니다
내가 죽을 만큼 힘들 때 말없이 등을 두드리며
마음으로 용기를 주는 당신이 좋습니다

흐르는 강물처럼 늘 그 자리에서 편안함을 주고
바라만 보아도 있는 듯 없는 듯 하는 당신이 좋습니다

언제 어디서나 기댈 수 있는 진실의 언덕이 있고
언제 어디서나 마음 나눌 수 있는
순수의 강물이 흐르는 내 어머니 품속 같은 사람
이 세상 다하는 날까지 한결같이 따뜻한
나만의 당신으로 오래오래 머물렀으면 좋겠습니다

그런 당신이 있어 나 지금 행복합니다
당신이 참 좋습니다

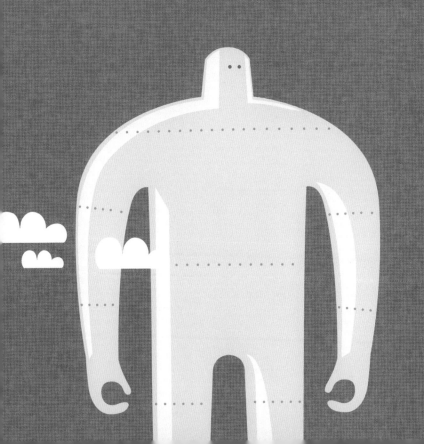

그래, 인생은 단 한 번의 추억여행이야

Think Word

눈물겹도록 미친 사랑을 하다가
아프도록 외롭게 울다가
죽도록 배고프게 살다가
어느 날 문득
삶의 짐 다 내려놓고
한 줌의 가루로 남을 내 육신
그래 산다는 것은
짧고도 긴 여행을 하는 것이겠지

예습도 복습도 없이
처음에는 나 혼자서
그러다가 둘이서 때로는 여럿이서
마지막에는 혼자서 여행을 하는 것이겠지

산다는 것은
사실을 알고도 모른 척
사람을 사랑하고도 아닌 척
그렇게 수백 번을 지나치면
삶이 지나간 흔적을 발견하겠지

아, 그때는 참 잘했어
아, 그때는 정말 아니었어
그렇게 혼자서 독백을 하며 웃고 울겠지

아마도 여행 끝나는 날에는
아름다운 여행이기를 소망하지만
슬프고도 아픈 여행이었어도
돌아보면 지우고 싶지 않은 추억이겠지

짧고도 긴 아름다운 추억 여행
그래, 인생은
지워지지 않은 단 한 번의 추억여행이야

자작나무 숲에 갇힌 내 울음이
백야를 건넌다면 차라리 좋겠어요

실마리를 풀어야 할 것 같아 삶의 순간 전부를
침묵모드로 바꾸고 강변로를 3시간 걸었어요.
간간이 끼룩거리며 하강하는 갈매기를 보고 나니 기분이 좋아졌어요.
잠을 자고 싶어 집에 오자마자 못 마시는 와인을
머그잔에 가득 부어 마셨어요.
낮술에 취한 듯 몽롱한데 꽃병에 들어앉은
빨간 장미꽃이 환하게 웃으며 인사하고 있네요.
나는 울고 있는데 환하게 웃고 있는 장미꽃이 나를 더 슬프게 하네요.
강변 산책로를 가로지르며 산책하던 시간도 빠르게 제 집을 찾아가네요.
정착할 곳 없어 허공을 떠돌던 미세한 그리움의 입자들이
방 안으로 들어오네요.
스물일곱에 시작된 진통이 마흔이 넘도록 피우지 못한 봄꽃 때문인지
살이 찢기도록 젖가슴을 파고들며 피멍 들도록 찌르고 달아나네요.
자작나무 숲에 갇혀 울던 그때가 그리워요.
이렇게 흔들리고 바람 부는 날에는
자작나무 숲에 갇힌 내 울음이 백야를 건넌다면 차라리 좋겠어요.

참혹한 좌절과 추락이 현실이 된다 하더라도.

바람보다 더 빨리 도착하는 그리움은

창문 밖으로 비집고 나온 옷자락 끝을 어루만지다가

결국 심장까지 파고드네요.

천만번 주고받은 사랑의 맹세도 단 한 번의 어긋남으로 이별을 맞네요.

아득히 꽃비 내리는 눈물길을 다시 홀로 가고 있어요.

그리움, 기다림뿐인 먼 당신의 나라를 바라보며 무거운 발걸음을 옮기네요.

Post of thinking

고개를 들어 하늘을 보면 은밀히 붉어지는데
무엇을 위해 당신은 그림자를 지우는지.
또 기억 속의 말 없는 당신은 무엇을 향해
수없이 피었다가 지기만을 반복하는지.

낯선 곳으로
길을 떠납니다

"왜? 또 여행을 간다고요?"
그건 내가 반드시 여기에 있어야 할 이유가 없어서이지요.
내가 있어야 한다고 생각했던 곳에 내가 없었습니다.
존재하지만 가치 없이 부유할 때가 많았지요.
이토록 아름다운 세상에 나는 무얼 하며 살았나를 생각해 봅니다.
세상이 나를 밀어낸다고 말하고 싶지 않습니다.
그냥 잠시 또 내가 길을 잃은 것이지요.
그래서 다시 스스로 길을 나섭니다.
내가 자주 바라보던 그곳에서 여기를 바라보고 싶었지요.
여행지에서 이곳을 바라본다면 어쩌면 아주 간절히
내가 반드시 있어야 할 자리임을 느낄지도 모르니까요.
내가 머물러야 할 곳 그리고 내가 사는 이유를 분명히 알고 싶으니까요.
익숙한 이곳에서 벗어나지 못하면 볼 수 없다고 생각했기 때문입니다.
내가 반드시 필요할 때, 아무 일 없었다는 듯 나타나면 되는 거지요.
그때는 이곳에서 치열하게 살 것 같아서요.
정말로 그러려고 떠납니다.
지금 이 상태로는 여기에서 나를
아무도 원하지 않는다는 것을 알았기 때문에.
겸손한 반성과 아쉬움은 때로는 나를 위한
꼭 필요한 소비란 생각을 하니까요.
현실의 마음과 내 안의 마음이
소통하길 바라며 낯선 곳으로 길을 떠납니다.

새벽에 기차소리를 듣습니다.
어제는 떠나지 못했습니다.
그러나 용기를 내어 오늘은 떠나고 있습니다.
저 먼, 종착역이 아니라
거기, 간이역으로 출발합니다.
순순히 나를 맏고 따라온 것들,
급브레이크를 밟은 내 발자국을 돌아보며 떠나고 있습니다.

공허한 내 마음이
빙빙 돌고 있어요

10km, 집에서 차로 10분 거리에 나만의 힐링 플레이스가 있어요.

그곳으로 아무도 몰래 가 그냥 별 생각 없이 즐겼어요.

무작정 달려 나간 사실에 당황을 했어요.

그러다 보니 길을 잃어버렸어요.

기쁘고 슬프고 울고 웃고 하는 4계절이 하루에 다 있었어요. 바로 오늘.

샌드위치 한 조각을 먹고 있는데 넘어가지 않네요.

결핍을 많이 느끼는 하루였어요.

나는 누굴 아니면 무엇을 찾는 걸까요?

5개 가진 사람이 1개 가진 사람과 있을 때는 행복하다가도

10개 가진 사람과 있으면 불행을 느낀다고 하는데

그래서일까요.

항상 결핍을 느끼네요.

신은 늘 내 밥그릇 넘치도록 가득 채워주시질 않네요.

아무래도 내 마지막 날까지 이럴지도 모르겠어요.

부족한 부분은 아무래도 마음으로 채우는 것이 정답일지도 모르겠어요.

내가 참으로 바라는 것이 무얼까요?

왜 늘 마음 한 구석이 텅 비어있는 것일까요?

무엇을 기다리는 걸까요?

무엇을 바라는 것일까요?

시리도록 푸른 하늘, 구름과 태양이 나를 공허하게 만드네요.

삶이 딱 멈춰버린 것 같아요. 어디로 향하지도 않고 무엇을 찾지도 않아요.

주위를 공허한 내 마음이 빙빙 돌고 있어요.

당신 어디 있을까요?

당신 어디로 간 걸까요?

곁에 두고도 주위를 빙빙 돌며 찾을 때가 있습니다.

당신은 내 곁에 있는데.

당신이
동행했으면 좋겠어요

나이가 들수록 기대고 싶은 마음이 간절하네요.
몸도 조금씩 중심을 잃고 기울어지다 보니 자꾸만 기대고 싶어요.
늙음이 두려운 것이 아니라 이별이 가까워지는 것 같아
그것이 많이 견디기 힘이 드네요.
늙는 것, 죽는 것보다 더 두려운 것이 애틋한 마음과의 이별이니까요.
스물일곱부터 한 나무에게만 박혀 있는 지문이
이제는 강물 출렁이듯 풍경이 되어 하늘거리네요.
풍화된 시간을 돌아서 갈 즈음에는 동행할 누군가가 있으면 좋겠어요.
실망과 절망을 되풀이 하다 낡아버린 생각들이
서로 부딪치다 대숲에서 울어도
그리움이 파내려간 미로를 더듬어 인연의 출구에 도착하겠지만
누군가 나보다 먼저 도착했으면 좋겠어요.
힘겨운 순례의 길이 멈추지 않도록 단 한 사람이 동행했으면 좋겠어요.
그 사람이 당신이었으면 좋겠어요.

내 기억 속에 무수한 사진들처럼
사랑도 언젠가는 추억으로 그친다는 걸 난 알고 있었습니다.
하지만 당신만은 추억이 되질 않았습니다.
사랑을 간직한 채 떠날 수 있게 해준 당신께 고맙단 말을 남깁니다.

영화 <8월의 크리스마스>

왜 내가 당신과 함께 하는지
왜 내가 당신 곁을 영원히
떠나지 않는지 묻는다면
사랑이 모든 것을 말해 줄 거예요

PART 3

그럼에도 불구하고 행복했습니다

가끔 사는 게 두려울 때는
뒤로 걸어봅니다

가끔
사는 게 두려울 때는
뒤로 걸어봅니다

등 뒤로 보이는 세상을 보며
살면서 가장 행복했던 순간을 생각하며
용기를 얻습니다

가끔
당신이 미워질 때는
당신과 가장 행복했던 순간을 떠올리며
뒤로 걸어봅니다

한 걸음 두 걸음
조심조심 뒤로 걷다 보면
당신을 사랑하면서 아팠던 순간도 당신을 사랑하면서 기뻤던 순간도

한 편의 드라마처럼 흘러갑니다

기쁨의 눈물이
슬픔의 눈물이
하나가 되어 주르르 흘러내립니다

가끔
사는 게 두려울 때는
뒤로 걸어봅니다

등 뒤로 보이는 세상을 보며
살면서 가장 행복했던 순간을 생각하며
용기를 얻습니다

가난하게 태어난 것은
당신 잘못이 아니지만
가난하게 죽는 것은
당신 책임이다.

If you born poor,
it's not your mistake.
But if you die poor,
it's your mistake.

당신을 찾는
광고를 내고 싶어요

어디 계시는지요, 당신.

오늘은 당신을 찾는 광고를 내고 싶어요.

하루도 빠짐없이 전단지를 뒤져가며

당신의 얼굴을 당신의 이름을 찾기 위해

하나 가득 눈 안에 밟히는 글자들을 바라보고 또 바라보네요.

곧 오겠지요. 익숙한 얼굴 따뜻한 이름 당신이라는 사람,

내 안의 깊은 물길을 만들고 있는 당신.

당신과 나란히 걸어간 발자국의 따뜻함은 무채색의 실루엣으로 다가와

이제는 렌즈에 포착된 추억 속의 사진으로 남아 있어요.

눈부시도록 아름다운 사랑의 실루엣이 봄비에 젖어들고 있어요.

여전히 부패하지 않은 그립다는 말, 고맙다는 말, 사랑한다는 말을

당신 계신 남쪽 하늘로 실어 보내요.

그리움도 기다림도 때로는 살아가는 데 힘이 되나 봐요.

오늘은 세상에서 가장 밝고 환한 햇살이 방 안으로 가득 들어왔어요.

오전 8시, 누군가 환한 얼굴을 내밀며 창문을 두드리고 있어요.

당신이라는 사람, 오늘은 차라리 눈물겹네요.

Post of thinking

얼마의 시간이 흘러야 그리움이 줄어들까요?
얼마의 시간이 흘러야 외로움이 줄어들까요?
얼마의 시간이 흘러야 모든 것이 담담해질까요?
글썽이는 눈동자, 침묵에도 저 혼자 흔들립니다.

시간의 초침을
거꾸로 돌렸으면 좋겠어요

온종일 끙끙거리며 울어대는 고장 난 기차처럼,
당신이 내게로 풀어낸 언어는 망설임만 가득 담은 허한 웃음이었네요.
수없이 고민하다가 당신 나올 때까지 전봇대처럼 말없이 기다리는 나에게
당신은 두 손을 내미는 대신, 내 가슴에 굵은 대못질만 하시네요.
내가 그렇게 미웠나요.

그냥 모른 척하며 당신 특유의 달콤한 눈웃음을,
동글동글 예쁘게 말아 수동 카메라에 얼굴 박듯
그렇게 보여줄 수는 없었나요.
차라리 그랬으면 마음이라도 위로가 되었을 텐데요.

당신이 내게 남긴 메시지,
이제는 핸드폰 폴더를 열지 않아도 메아리처럼 울리네요.
길을 가다가 당신 닮은 사람을 만나면 시선이 멈출 것 같은데…
당신 얼굴 차라리 보지 않았으면 좋았을 걸 그랬어요.
하루하루 시간이 흐를수록 짙어가는 보고픔 때문에

이제는 길을 가다가도 헛발질을 하네요.

수동 카메라로 찰칵 찍힌 아주 예쁜 모습의 연인처럼,

잠시만이라도 함께 기쁨을 느꼈던,

그 순간을 영상으로 담아 오래도록 보았으면 좋겠어요.

할 수만 있다면 시간의 초침을 거꾸로 돌렸으면 좋겠어요.

아무 상처도 없고 고통도 없는 그 순간으로 돌아가,

맑은 물에 때 묻은 가슴을 꺼내어 뽀득뽀득 씻어 말렸으면 좋겠어요.

그러면 나, 다시 당신에게로 갈 수 있는 거잖아요. 그렇죠?

어느 변두리 카페 입구에 내걸린 유화에도 이별의 어둠이 내리는 것처럼,

그 언제인가는 당신과 나, 어제의 일들이, 그리고 오늘의 일들이

잊으면서 잊히면서 서로의 가슴에 몰래 숨어 버리겠죠.

당신이 무심코 뱉은 언어, 내가 눈물로 쏟아낸 언어가

당신 가슴에도 아름다운 영상이 되어 고이 자리를 잡았으면 해요.

나처럼요. 그게 추억이라는 거잖아요.

Post of thinking

어느 날 살포시 다가와 내 마음을 흔들어 놓은 당신.
당신은 어디서 불어온 바람입니까.
어느 날 갑자기 운명처럼 찾아와 내 전부를 빼앗아간 당신.
당신은 어디서 내려온 햇살입니까.

몸과 마음이 하나가 되어
벗어보기는 처음이에요

밤새도록 쉬지 않고 아프게 비가 내려요.

사랑도 어쩌면 쉼 없이 내리는 비처럼 서투른 속셈인지도 모르겠어요.

어제는 미움 하나 더하다가, 오늘은 그리움 하나 더하다가

내일은 기다림 하나를 빼는 것처럼.

그러다가 당신이 무심코 흘린 메시지 하나에 내 마음 다치는 소심함.

오늘은 흐르는 빗줄기에 마음마저 젖어드네요.

몸과 마음이 하나가 되어 벗어보기는 처음이에요.

공원 앞 비에 젖은 목련 나무에 들러붙어

미처 떠나지 못한 겨울바람 몇 자락 봄비에 숨어 낯을 가려요.

곧 자목련 나무에도 붉은 수액이 전신에 퍼져

발갛게 물들겠지요.

오늘은 그리움에 기다림 하나 더해 봅니다.

당신, 듣고 계시는지요.

혈관을 통해 주입되는 감정.
습관적인 접촉에 의한 불꽃의 욕망.
중독의 소유.
사랑에 푹 빠져버렸습니다.

어떤 것이 올바른 선택인지
정답은 없는 것 같아요

오늘은 몇 년 전 당신이 질문했던
"진정한 사랑이 무엇일까?"에 대한 답을 하고 싶어요.
인생처럼 벼랑 끝을 마주해야 진정한 사랑인지,
가식적인 사랑인지 알 수 있는 것 같아요.
아무리 익숙한 길 위에서도 때로는 길을 잃을 때가 있잖아요.
이 사람이 내 사랑일까, 새끼발가락의 인연이 맞을까
마치 난해한 기호를 해독하는 것처럼 흔들리다가 사랑에 빠지죠.
줄리엣이 발코니에서 로미오를 생각하며 독백하는 장면처럼
사랑에 빠지면 무엇이든 당신에게로 연결되니까요.
당신이 무엇을 좋아하는지, 당신이 좋아하는 나의 모습은 어떤 것인지,
당신은 왜 그런 말을 나에게 했는지를 생각하며
마인드컨트롤도 하고, 이미지트레이닝도 하죠.
당신에게 더 좋은 모습을 보여주려고 노력하죠.
사랑하는 것도 가끔은 길을 잃으며 적당히 흔들려봐야
중심을 잡게 되는 것 같아요.
물론 이마에 주홍글씨를 새긴 채 살아가는

비련의 주인공이 되지는 말아야겠죠.

아무리 생각해봐도 사랑에 있어 어떤 것이 올바른 선택인지

정답은 없는 것 같아요.

사랑이라 부르는 것도 도덕적인 책임이 포함된 진정성이기 때문이에요.

항상 서로에게 변치 않는 자신이 되는 것(Always be yourself)이 중요하니까요.

나만의 방법으로 악기를 다루듯 사랑을 연주해야 하니까요.

한 번 웃어주면 두 번 웃어주고 한 번 안아주면 열 번을 안아주어야 하니까요.

백 명을 기쁘게 해주는 것보다

단 한 사람을 외롭지 않게 하는 것이 진정한 사랑이니까요.

사랑을 마음으로 사랑할 때 빛을 뿜는 별이 되니까요.

서로를 향해 반짝이는 빛나는 별이어야 하니까요.

Post of thinking

누구를 좋아하게 되고, 사랑하게 되는 것은
선택의 문제가 아니라 가슴이 시키는 것입니다.

너를 사랑하다 사랑하는 법을 배웠다

Think Word

사랑의 시작과 끝은 어디에도 없다는 것을
사랑이 시작되는 순간부터 세상의 중심은 나라는 것을
너를 사랑하면서 알게 되었다
지독한 사랑을 하게 되면 몸보다 가슴이 따스해진다는 것
너를 사랑한 후에 알았다

생각하면 너와 나의 사랑
쉼표도 마침표도 없이 끝없이 이어진 하늘길 같다
늘, 내 손을 잡아당기며 너에게로 이끄는 힘
가끔은 너의 손을 잡아 나에게로 이끄는 힘
그래서 우리 사랑은 너무나 닮은 것 같다

아무리 힘들어도 웃는 네 얼굴 바라보면서 힘을 얻는 것
넘어지다가도 벌떡 일어서는 것
가끔은 너로 인해 내 맘 가시나무처럼 흔들려도
묻고 싶은 말들 맘속에 숨겨두고 말 못한 채
혼자서 가슴앓이 하는 나
그저 까만 하늘 아래 외롭게 떠 있는 초승달을 보며
너를 위해 기도하는 것
가슴 저리게 너를 보고파 하는 것
네가 그립다. 너를 사랑한다
그래서 미안하다는 말을 꾸욱 삼키는 것

그리고 찾아오는 따뜻한 위로의 아침햇살처럼
이제 보니 사랑이란
오랜 키스처럼 달콤하지만 아쉬움이 남는 것
그리고 오래오래 스며드는 그 무엇이지

머리부터 발끝까지 찾아오는 기분 좋은 전율 같은 것이야
마치, 나무가 예쁘게 자라면
뿌리에서 줄기로 타고 올라가 꽃을 피우는
기분 좋은 신음소리 같은 것이겠지
속으로만 꽃피는 무화과처럼
서로의 몸속으로 오래 머무는 그 무엇이 되는 것이겠지
서로의 가슴을 따뜻하게 데워주는 둘만의 긴 추억이 되겠지

아!
오늘도 남쪽으로 창을 열면 내 사랑이 보인다
햇살 아래 눈부신 네가 보인다

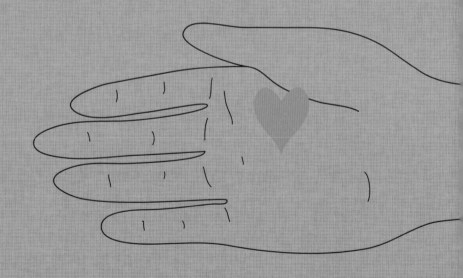

나에게도 그런 사람이 있으면 좋겠네

Think Word

아주 가끔 삶에 지쳐
내 어깨에 실린 짐이 무거워 잠시 내려놓고 싶을 때
말없이 나의 짐을 받아주는 사람이 있으면 좋겠네

아주 가끔 일에 지쳐 한없이 슬퍼
세상 일 모두 잊고 어디론가 훌쩍 떠나고 싶을 때
말없이 함께 떠나주는 사람이 있으면 좋겠네

삶에 지친 내 몸 이곳저곳 둥둥 떠다니는
내 영혼을 편히 달래주며 빈 몸으로 달려가도
두 팔 벌려 환히 웃으며 안아주는 사람이 있으면 좋겠네

온종일 기대어 울어도 그만 울라며 재촉하지 않고
말없이 어깨를 토닥여주는 사람이 있으면 좋겠네
나에게도 그런 든든한 사람이 있으면 좋겠네

당신에게로 가는 티켓을
예약하기 위해 집을 나섭니다

잡았다, 놓았다, 사랑했다, 미워했다
나다니엘의 고백처럼 수천 번 확인하던 어설픈 사랑학개론
이젠 그마저도 할 수 없게 되었네요.
정녕, 당신과 함께 했던 렌즈 속의 추억들을 지워야 하나요.
지워도 뚜렷이 남는 얼굴이라면 또 어찌 하나요.

당신 떠나고 얼마의 시간이 흐른 후
마당에 자리한 이팝나무 위에 호랑나비 한 마리 앉았네요.
누구신가요. 당신인가요. 당신 그새 나비가 되었나요.
후각으로 찾던 은밀한 마음,
결국 눈물로 더듬어 옛 그림자까지 찾고 말았네요.
당신 얼굴 당신 목소리가 담긴 사진첩 CD에는 푸른곰팡이만 나풀거리네요.
해묵은 기억들이 돌부리에 걸려 넘어지고서야 당신이 그리워지네요.
묻어야 할 추억, 뒤엉킨 그리움까지도 분홍빛 물감으로 물드네요.
아픈 사랑의 기억에도 여전히 그리움은 비처럼 내리네요.
풍문에 당신, 아프다고 하는데 괜찮으신지요.

내 맘속 깊이 자리한 당신

내 무의식 너머에도 여전히 당신은 나를 바라보고 있나 보네요.

고였다 흩어지고 흐르다가도 변해가는 부질없는 사랑이 그리운가요.

당신에게로 방목한 사랑 때문에 난 행복했었는데요.

당신은 참 많이도 힘드셨나 봐요. 그 마음 아실이 누가 있을까마는.

그때는 해독할 수 없었던 당신의 그 마음,

두 눈 두 귀 두 손으로 한참을 더듬다 이제야 해답을 찾았네요.

눈물 속에서도 먼 빛이 되어 보이는 당신의 나라,

굳게 잠긴 당신의 심장을 여는 눅눅한 열쇠를 잃어버려

가까이 갈 수는 없지만,

당신이 머무는 역(驛)은 여전히 아름답네요.

언제쯤이면 당신이라는 역에 도착할 수 있을지.

미안해요. 유통기한이 없는 비밀 애(愛)를 여전히 담고 있어서요.

내 안에서 영원히 살 수 있도록 하기 위해

억지로 밀어낸 집시 같은 내 사랑이 서럽네요.

당신과의 짧은 스침 이후 내 안에 그리움을 가두고

몰래 사랑을 키우고 있어요.

이젠 전신으로 번져 간 치명적인 사랑의 주름 때문인지

당신이 던지는 언어의 매를 맞아도 아프지 않는 나.

세상이 흘리는 눈길에 베어도

또다시 그리움이 자라나는 사랑의 역이 당신이라면 어쩌지요?

자꾸만 미쳐가는 내 영혼, 당신은 여전히 오늘을 고집하지만

난 평화로운 내일을 꿈꾸며 당신에게로 가는 티켓을 예약합니다.

Post of thinking

당신은 빨리 미끄러져 도망가는 한겨울 자동차.
난 당신이 지나간 자리에서 꼼짝 않고 느리게 녹아내리는
키 작은 눈사람인지도 모릅니다.

나의 인연은
내가 만드는 거예요

'길들임'에 대해서 생각을 했어요.
사람과 사람이 만나 시선을 주고받고 마음이 오가면
서서히 서로에게 물들어 가고 길들여지는 것이 착한 인연이잖아요.
필요에 의해서 선택하는 요즈음 인간관계를 대할 때마다
생텍쥐페리가 쓴 '어린 왕자'를 생각해요.
어린 왕자에는 이기적인 사람은 필요한 사람을 골라가며 친구를 사귀잖아요.
자신의 이해관계에 따라 생각하고 행동을 하죠.
어떤 인연을 만나든 서로에게 길들여지며
책임의식을 느껴야 온전한 만남이잖아요.
가끔은 나 자신이 장미 같다는 생각이 들 때도 있고
때로는 어린 왕자 같다는 착각에 빠지기도 해요.
장미에게 길들여진 어린 왕자는 오천 송이의 다른 장미를 보고서야
자신의 곁에 있던 단 한 송이 장미의 존귀함을 발견하는 하잖아요.
함께 있을 때는 소중함을 느끼지 못하다가
떨어져 있는 순간 가치를 발견하게 되는 것,
그게 진정한 사랑이겠죠.

여우가 왕자에게 "나를 길들인 것에 대한 책임은 느껴야 해."

"너는 네 장미꽃에 대한 책임감을 느껴야 해."라고 말한 것처럼

내가 선택해서 사랑하는 사람에 대해서는

끝까지 책임지는 것이 온전한 사랑이에요.

사랑은 서로에게 길들여지기 전까지 장미의 가시처럼

서로에 가시를 들이대며 날카롭게 대하다가도,

서로의 사랑을 확인하는 순간, 서로에게 물들고 길들여지며

두려움의 가시는 사라지니까요.

사랑하는 사람이나 좋아하는 친구는 돈으로 살 수도 팔 수도 없어요.

마음으로 얻게 되는 것이 친구이고 연인이죠.

진정한 길들임, 물들임, 동화작용에 의해 만난 인연은 책임의식이 따르죠.

누가 먼저랄 것 없이 배려하고 아껴주고 이해하고 용서를 하는 것,

그것이 사랑이고 우정이니까요.

그런 사람이 있다면 여우가 왕자에게 말한 것처럼

"너를 4시에 만난다면 난 3시부터 행복해질 거야."라는 말이

가슴에 와 닿겠죠.

저녁에 만나기로 했지만 아침에 일어나자마자 기분이 좋아지고 설렌다면

그 사람은 '좋은 사람'이에요.

오천 송이 장미보다도 한 송이의 내 장미가,

수많은 여우보다도 나를 기다리고 믿어주는

한 마리 여우같은 길들여진 연인이나 친구가 있다면

아마도 세상에서 가장 행복한 사람이고 성공한 인간관계를 맺은 사람이겠죠.

'길들임'은 한순간 이루어지는 것이 아니라 시간과 정성이 필요하니까요.

오래도록 내 시선을 멈추게 하고 마음을 움직이는 사람이 있다면

정성을 쏟아야죠.
나의 인연은 내가 만드니까요.

두 인격이 만나는 것은 두 화학 성분의
만남과도 같습니다.
반응이 시작되면 둘 다 변하게 됩니다.

칼 융

이팝나무
아래에서

미국의 소설가 베티 스미스가 쓴
〈나를 있게 한 모든 것들〉에 보면 이런 내용이 있어요.
'브루클린에서 자라는 나무가 있습니다.
사람들은 이 나무를 하늘나무라고 부릅니다.
씨가 떨어진 곳이면 어디서든지 뿌리를 내려 하늘을 향해 자라기 때문입니다.
그곳이 판잣집 옆이라 해도 지하실 창문 틈이라 해도 꼿꼿이 자랍니다.
아마도 시멘트를 뚫고 자라는 나무는 이 나무밖에 없을 것입니다.
태양이 없이도, 물이 없어도 심지어 흙이 없어도 하늘을 향해 자랍니다.
사람들은 이 나무를 하늘나무라고 합니다.'

아무리 가난하고 불우한 환경에서 태어나고 자라도
꿈까지 가난하고 불행하지는 않죠.
힘든 환경을 웃으며 헤쳐 나가는 능력을 가진 존재가 사람이니까요.
사람은 하늘이라는 높은 곳을 목표로 삼았기에
도전하고 노력하는지도 모르죠.

나도 이팝나무를 좋아했어요.

이팝나무의 하얀 꽃은 맛도 좋고요.

고향에 가면 여전히 하늘을 향해 쑥쑥 자라는 이팝나무를 찾게 되죠.

나무 아래에서 수학 문제를 풀며 좋은 학교를 가기 위해 꿈을 키웠고

이팝나무 그늘 아래에서 릴케의 시를 읽으며 시인의 꿈을 키웠으니까요.

그 결과 선생님이 되었고 원하던 시인의 꿈도 이루었지요.

하늘을 향해 나무를 키우는 이팝나무 아래에서

15살짜리 여중생은 꿈을 키웠어요.

나무의 넉넉한 배려를 안고 꿈을 향해 달려갔으니까요.

나를 이만큼 키운 건 고향 마을에 있는 이팝나무가 아닐까요?

내 키보다 몇 배가 큰 이팝나무 아래에서 책을 읽었던 작은 소녀가

이제는 중년이 되어 함께 늙어가는 관계가 되었어요.

이팝나무와 스침으로 대화하며 시어(詩語)를 줍는 친구가 돼야죠.

나무 곁을 지키는 영원한 친구가 될 거예요.

Post of thinking

'네가 누구인지 이야기해 보라'는 질문에
쉽게 대답할 수 있는 사람은 많지 않습니다.
만약 있는 그대로의 내 모습을
자신 있게 설명할 수 있다면
그 사람은 자신을 무한히 사랑하고 신뢰하는
사람으로 현재를 매우 만족하는 사람입니다.

얼마의 시간이 흐르면
단단한 삶이 무뎌질까요

가장 아름다울 때 추락하는 동백꽃이 여자의 육체를 말해주는 것 같아요.

아름다움과 시듦은 여자의 일생이니까요.

흐르는 시간을 움켜쥘 수는 없는 걸까요?

떠나면 잊히고 해 지면 밤이 온다는 사실을 언제쯤이면 담담히 받아들일까요.

온 산을 뒤덮은 동백꽃보다 더 붉던,

속을 후벼파는 사랑의 잔해도 이제는 흐려지네요.

시간 앞에 융화되지 않는 것은 아무것도 없는 것 같아요.

그토록 멀리하고 싶었던 눈부신 슬픔,

젊음의 상처도 이제는 아득해졌으니까요.

얼마의 시간이 흐르면 단단한 삶에 무뎌질까요.

얼마의 시간이 흐르면 헤프게 나를 열어 둘까요.

얼마의 시간이 지나면 두려움 없이 바람결에 몸을 맡길까요.

얼마의 시간이 지나면 같은 곳에서 같은 생각을 하며 공존할 수 있을까요.

그저, 내 몸 안에 달이 뜨고 지기를, 내 몸 안에 해가 뜨고 지기를

간절히 기원하며 겸손한 약속을 허공을 향해 띄우네요.

가끔 허영의 독이 내 안으로 들어올 때마다
거부의 몸짓으로 춤을 추며 온몸으로 토해냅니다
나를 위로하는 쇼팽의 음악,
싸르르한 와인 한 잔으로 몽환 속 여행을 떠납니다
꿈속에서조차 꿈을 찾아 춤추는 미친 승어가 됩니다.

이 길의 끝은
어디일까요?

당신 떠난 후에 혼자 한계령을 넘었어요.
차디찬 안개가 폐부 깊숙이 스며드네요.
수액이 다 빠져 나간 앙상한 단풍나무는
등이 굽은 채로 한겨울을 버티고 있어요.
잎이 지고 꽃이 진 이름 모를 나무에게 춥지 않느냐고 물어도 대답이 없네요.
아마도 나처럼 많이 울었나 봐요. 울다 지쳐 우두커니 서 있나 봐요.
귀를 막아도 들리고 눈을 감아도 보이는 그대 웃음소리,
노랫소리가 잊히지 않아요.
쓸쓸히 낙엽 진 한계령에 서니 미친 그리움에 눈물 한 방울 떨어지네요.
어이하여 여기까지 그리움을 풀어 놓았는지,
그대와 나 인연의 끈을 부여잡고 이 먼 곳까지 달려왔는지,
꽃이 수십 번 피고 지고 또 피고 졌는데도
여전히 그대는 나를 붙잡고 나는 그대를 따라가고 있는지,
안고 있으면 가슴이 아리고 내려놓으면 죽을 것 같은 사랑.
이 길의 끝은 어디일까요? 그대, 아시나요?

세상에서 가장 어려운 일은
사랑을 얻는 것입니다.
세상에서 가장 힘든 일은
사랑을 지키는 것입니다.
세상에서 가장 고통스러운 일은
사랑이 식는 것입니다.

재충전의 동안거(冬安居)가
시작되었어요

하얀 물거품처럼 몰려드는 비둘기 떼의 날개 달린 울음이

세상을 가득 채우네요.

낮술에 취한 반달은 점점 기울어지고

협궤열차 들락거리던 태백으로 가는 철길 위엔 검은 먼지만 가득하네요.

귀청이 찢어질 듯한 비행기의 굉음 때문인지

마음 깊숙이 깔려 있던 기억의 레일이 세상 바깥으로 몸을 드러내고 있어요.

누군가를 기다리는 듯 몸 전체가 선홍색으로 변해가네요.

입동이 지나자 하늘은 첫눈을 만드는 듯 뿌옇게 뿌옇게

자신의 색을 만들어가네요.

나무는 땅 속을 깊숙이 파고들어 겨울잠을 잘 준비를 해요.

숨 가쁘게 꺾고 꺾이며 달려온 사람들은 느릿한 발걸음으로 산책을 즐기네요.

누구에게 무엇을 열게 하려는지 교회 종소리는

깊은 울림으로 세상을 걸어 다녀요.

지축을 따라 휘젓던 아우성들도 낮은 골을 찾아 몸을 숨기네요.

칠흑 같은 어둠이 깊어가는 겨울 세상에 모두가 잠든 시간이에요.

세상은 고요와 평화를 알리는 동면,

재충전의 동안거(冬安居)의 문을 열었어요.
이제 살아 숨 쉬는 모든 것들은
반성과 깨달음의 수행의 시간이 시작되었어요.
하늘은 아득할수록 깊고 바다는 깊을수록 푸르듯,
깊고 푸르기 위해 견딤과 이김, 기다림의 섬으로
스스로를 낮추며 몸을 숨겼어요.

Post of thinking

살다 보면 시간이 필요할 때가 있습니다.
억수같이 비가 와 도로가 침수되면 물이 빠지는 데 필요한 시간,
산모가 임신을 해 태아를 낳기까지 필요한 시간,
씨앗이 꽃으로 피기까지 필요한 시간이 있습니다.
시간이 흘러야만 해결되는 것들이 있습니다.

파다닥 날갯짓하며
날아오르는 꿈을 꾸죠

당신을 만나러 가는 길에 노오란 마타리 꽃이 활짝 피었어요.

가느다란 꽃대 바람에 흔들거리며 사방에다 가을을 물어다 놓았어요.

한때는 강물처럼 흐르고 싶었고,

한때는 산릉선을 타고 오르고 싶었지만,

이제는 세상의 아우성 모두 끌어안고 웃음을 주는 꽃이고 싶어요.

들판에 피는 마타리도 좋고 바위틈에 아슬하게 피어있는

보랏빛 해국도 좋고 당당하게 산 중턱에 피는 야생화도 좋아요.

주렁주렁 붉은 열매 매달지 않아도 좋아요.

그저 특유의 향기로 인적 드문 곳에 피어나는 꽃이고 싶어요.

가뭄과 지리한 장마를 견디고 노랗게 꽃가루를 묻힌 채

웃으며 꽃술을 나부끼는 날이 오면

파다닥 날갯짓하며 날아오르는 꿈을 꾸고 싶어요.

당신을 처음 보고 손을 잡는 순간 내게 느낌이 찾아왔어요.
바로 그건 '매직'이었죠.

영화 <시애틀의 잠 못 이루는 밤> 중에서

나는 꿈꾼다,
욕망을

한 여름 샐비어가 붉게 타오르듯
욕망은 속절없이 날갯짓을 쉼 없이 하고 있어요.
당신이 머무는 편백 향이 가득한 그곳을 향하여 날개를 퍼덕이네요.
자신을 태우듯 붉디붉은 수액 흘려가며
땅바닥을 부딪쳐가며 낮은 자세로 날아가네요.
뒤죽박죽인 일상의 생각을 흔들어 바람에 날리며 날아가네요.
후각으로 당신의 향기를 더듬으며 붉어가는 마음 감춰가며 날아가네요.
마음을 끌어당기는 뭉게구름을 친구 삼아 파닥거리며 날아가네요.
욕망은 당신이 머무는 남쪽으로 날아가네요.
저만치 앞서가는 구름 따라 작지만 단단하고 부드럽지만 완강한
욕망의 꿈은 갓 뽑은 한 줌의 햇살로 피어나네요.
일상의 무거운 수레바퀴 굴리듯 있는 힘을 다해.
붉어진 마음은 나뭇잎처럼 흩날리고 뒹구네요.
욕망이 머무는 작은 마을을 향해.

무엇을 보고 있어도 당신이 생각나고
무엇을 듣고 있어도 당신이 그립고
무엇을 먹고 있어도 당신이 떠오릅니다.
내가 사랑하는 당신, 당신 곁에 내가 있어 고맙습니다.
나를 사랑하는 당신, 내 곁에 당신이 있어 고맙습니다.

눈꽃으로
당신이 오셨습니다

눈이 쏟아져 내립니다.
아파트 옥상을
소나무를
아스팔트 길 위를
하얗게 덮습니다.
막무가내로 쏟아집니다.

세상천지에 똑같은 눈이 쌓이는 날
내 안에도 하얗게 쌓입니다.
그리움이 쌓입니다.
그 위를 겨울바람이 지나갑니다.
바람이 지나간 자리에
동그란 얼굴 하나가 보입니다.
눈 속에 피어오른 그리움의 꽃
당신입니다.

눈꽃으로 당신이 오셨습니다.
당신인 줄 모르고
꽃이 핀 줄 알았습니다.
멀리서 기다렸던 내 마음을 읽었는지
얼지도 않습니다.
녹지도 않습니다.
스치듯 지나가며 나직이 내 이름을 부르며,

"사랑해"라고 말합니다.
정녕 당신인가요?

당신과 있어 행복합니다.
당신은 모를 겁니다.
왜 지금이 내 인생에서 그토록 중요한지를.
멋진 아침입니다.
이런 아침이 또 올까요?

영화 〈비포 선 라이즈〉 중에서

다시 여행자가 되어
당신을 찾습니다

다시 여행자가 되어 당신을 찾습니다.

사실, 무늬만 여행자로 살기 싫었기에

미루고 또 미뤘다는 것을 이제야 고백하네요.

현실의 나와 내 안의 나를 모두 데리고 당신에게 갑니다.

그동안 나의 일부만을 데리고 당신에게 갔던 나를 용서해주시지요.

뒤늦은 고백이지만 지금이라도 반성문을 길 위에 써내려갑니다.

일상에 무뎌질 만큼 꾸역꾸역 그렇게 늙어가듯 살아왔던 거

이제는 내려놓을 때가 된 것 같아요.

반복된 익숙한 일상을 탈피할 시간이 온 거 같아요.

선명하지는 않지만 희박해보여도

충분히 가능성이 있다고 믿기에 약속을 합니다.

다시 여행자가 되어 당신을 찾겠다고.

오리라는 작은 희망을 안고 기다림을 먹으며 살아가는 당신이 있기에

몸과 마음이 움직여 이제야 실천에 옮기네요.

희망은 약속으로부터 출발한다는 것을 당신이 가르쳐 주었어요.

희망도 약속도 행동으로 옮겨야 이루어진다는 것을 당신이 깨우쳐 주었어요.

원시적인 흙냄새, 편백 향이 가득한 숲으로 발길을 옮겼습니다.

이렇게 마음만 먹으면 아무것도 아닌 것을 무엇이 주저하게 만들었는지

당신과 나 사이에 끊긴 듯 놓인 다리의 간격은 얼마나 먼 것이었는지

불편한 오해로 우리는 드러나지 않은 상처를 얼마나 안고 있는지

어긋나 있는 동안 당신이 그리워했을 나와

내가 그리워했을 당신은 얼마나 애처로웠을까요?

이렇게 만나면 아무것도 아닌 것을… 그때는 왜 그랬을까요.

"아, 결국 이렇게 만나고 보니 희망이 없던 약속도 이루어지는군요."

아주 오랜만에 보는 익숙한 얼굴의 당신, 잘 지냈느냐는 상투적인 말보다는

미안한 마음으로 끊어진 듯 이어져 갔던 지난 시간을

위로하듯 쓰다듬으며 훑어 내려가는 당신의 눈빛을 잊을 수가 없어요.

일상이 그러하듯 사랑도 자존심을 내려놓고

움직여야 보이고 보여야 확신할 수 있고

확신이 바로 희망이라는 것을 느낀 날이었어요.

Post of thinking

손과 손이 둥글게 맞잡으면 휘어진 세상도
반듯하게 펼 수가 있습니다.
깊숙이 사랑하게 되면.

삶이 우리를
사랑하기 때문이겠죠

숨을 쉬지 못할 만큼 슬픔과 고통이 한꺼번에 밀려올 때가 있어요.
마음까지 쓸어버릴 만큼 깊을 때에는 숨이 멎곤 하죠.
오래도록 앓게 만든 나를 가둔 무엇들이 눈물 되어 흐르네요.
머리 풀듯 슬픔과 고통을 눈물로 풀고 나면
아픔이 다 빠져나간 듯 시원해져요.
어쩌면 내가 아픈 것도 욕망이 넘쳐흐르기 때문인지도 모르죠.
머지않아 내가 붙잡고, 내 곁에 달라붙은
내 가슴을 뜨겁게 태우던 욕망도 힘이 빠져 떠나갈 것이고
주변에는 수액 빠진 욕망 껍데기들이 수북이 쌓여가겠죠.
너울거리며 나를 부르던,
낄낄거리며 반갑게 손을 잡던 애틋함도 기운이 빠지겠죠.
내려놓고 버리고 비우는 게 인생이라는 것을 이제야 깨닫죠.
별도, 달도, 지쳐 숨은 이 밤, 흐르는 안개가
아마포처럼 온몸을 휘감고 있어요.
미처 떠나지 못한 무겁디무거운 그리움이
앙상한 겨울나무에 기대어 아픈 가슴을 비비고 있어요.

무엇 때문에 여전히 아픈 것은 살아야 할 이유가 많기 때문이라 여겨져요.

기쁨과 슬픔의 실타래가 뒤죽박죽이 되어 얽혀 있어도

시간이 흐를수록 매끈해지며 풀려나가겠죠.

얽히고 묶일 수밖에 없는 우리도 살아야 할 이유,

존재할 이유가 충분하기에 아프도록 단단히 묶여있는 거겠죠.

이 모두가 희망이 있기에, 삶이 우리를 사랑하기 때문이겠죠.

희망은 좋은 것이죠.
가장 소중한 거죠.
좋은 것은 절대 사라지지 않아요.

영화 <쇼생크 탈출> 중에서

우체국
가는 길에

오후 3시 쌀알처럼 부서지는 가을 햇살을 안으며
소포를 부치러 우체국에 갔어요.
그리움, 보고픔, 기다림의 소인이 찍힌 그대에게
소포 하나 부치러 가고 있어요.
노란 은행잎이 수북이 쌓인 노란 은행잎을 밟으며 삼청동 길을 지나가네요.
강물에 하얀 부표 떠다니듯
아스팔트 위에는 노랗고 빨간 단풍잎들이 나뒹굴고 있어요.
지는 해는 생각을 멈춘 듯 주춤거리고
세상은 겨울을 예감한 듯 두툼한 옷으로 갈아입기 시작했어요.
한 장 남은 달력에는 떠나가는 시간이 슬픈 갈매기처럼 자꾸만 끼룩거리네요.
당신을 그리워하는 동안에는 시간이 흐르다가 멈추기를 반복하고요.
참회조차 거부하던 오욕으로 환했던 시간도 서서히 떠나가고 있어요.
곧 후회가 쓰나미 되어 밀려올 테지만,
몸살 앓듯 환하게 아플 날을 생각하니 통증이 들불처럼 번져가네요.
흐르는 시간에 얹혀 아무도 모르는 어딘가로 흐르고 싶어요.
겹겹이 쌓여가는 목마른 나이테 풀고
나를 모르고 나를 기억하지 못하는 낯선 곳으로 흐르고 싶어요.
환하게 아프도록 슬픈 춤사위 흔들어가며 훠이훠이 날아가고 싶어요.

나의 밤을 부드럽게 해주는 빛에 첫 키스를 하고
어둠에 두 번째 키스를 하는 운명 같은 착한 별이여.
어쩌면 닿을 것 같은 어쩌면 멀어질 것 같은
나의 세상을 바꾼 너의 이름은 애인.

온종일 머물다 간 당신 생각에
온 세상이 포근하네요

당신, 괜찮으신 거죠?
아프다는 당신의 말 때문에 힘들었는데
테이블 위에 미니 장미가 꽃을 피웠어요.
걱정하지 말라는 듯 활짝 웃네요.

당신에게로 향하는 내 그리움 하나로 모으면 무엇이 될까요?
당신에게로 향하는 내 웃음 하나로 모으면 무엇이 될까요?
당신에게로 향하는 내 눈물 하나로 모으면 무엇이 될까요?
그것들이 우리를 오고 가게 만들어준 징검다리가 아니었을까요?

은행잎도 후덕후덕 바람에 날려 다 떨어져
바닥에서 밟히고 찢기며 나뒹굴고 있네요.
쌓이기만 하는 그리움 속에 가을 햇살 틈새로 당신이 보이네요.
"이젠 아프지 않아."
막 터져 나오는 당신의 그 말이 아프다고 했던
며칠 전의 당신의 말을 바삐 지우고 있네요.

아프다는 그 말에 어두웠던 시간을 이제야 완전히 거둘 수 있네요.

혼자 견디게 해서 미안해요.

아프다는 말보다 아픈데도 괜찮다고 하는 당신의 말이 나를 더 힘들게 해요.

당신의 마음을 모른 척하는 내 마음이 더 힘들다는 것을, 당신도 아실 거예요.

오늘은 온종일 머물다 간 당신 생각에 온 세상이 포근하네요.

오늘 하루도 다시 못 만날지 모르니
하루치 인사를 미리 해두죠.

굿모닝,
굿에프터눈,
굿나잇!

영화 <트루먼쇼> 중에서

어떤 인연은 마음으로 만나고
어떤 인연은 몸으로 만나고
어떤 인연은 눈으로 만난다
어떤 인연은 내 안으로 들어와 주인이 되고
또 어떤 인연은 건널 수 없는 강이 된다

PART 4

지금은 당신을 읽는 시간

이렇게 살아도 되는 것일까?

의문 부호를 찍으며 시작한 아침, 결국 '이렇게 살았다'며 느낌표를 찍었어요.

온종일 울려대는 휴대폰 컬러링을 뒤로하고 하나의 생각으로 몰입했어요.

고개를 들어 올려다보면 은밀히 붉어지는 하늘,

그리움은 넘쳐흘러 나를 적시네요.

해묵은 그리움이 천둥처럼 몸과 마음을 쪼개놓으면

그 누군가 집안 곳곳에 긁어 놓은 '사랑해'라는 단어가

상처 난 몸과 마음을 치유하죠.

밤새도록 핑크빛 꽃잎 하나가 심장을 휘휘 저어 놓았어요.

아무데나 휙 꽂아 놓아도 살아가는 강인한 버드나무 같은 사랑,

작은 틈새로 몰래 들어간 햇살 한 줌이 해바라기의 얼굴에다

아픈 소인을 찍네요.

사랑이라는 이름으로만 허락된 통행이라 더없이 외롭고 또 외로운 것이죠.

묶인 사랑은 뜨겁지만 다시 풀어진 사랑은 얼음처럼 차갑고요.

때로는 철문을 뚫는 그리움의 슬픈 뿔,

바닥에 뒹구는 사랑의 잔해가 문틈에 찍혀 아픔을 토해내기도 하잖아요.

그런 것 같아요.

사랑은 태어나기 위해 내 안에 새빨간 그리움을 키우고

이별은 떠나기 위해 내 안의 새빨간 그리움을 지운다는 것.

그리움이 벗어놓은 곳마다 너덜너덜 움직이는

외로움의 그림자를 지우기 위해

누군가는 문밖에서 때 이른 폭설을 기다릴지도 모르죠.

사랑의 흔적은 네모난 휴대폰 속에 저장되어 있고

사랑의 상처는 심장에 지워지지 않는 문신이 되어버리죠.

어쩌면 사랑은 소나기처럼 시작되다가 쏟아질 때만 유효한 것으로

떠날 때에는 다른 사람의 이름으로 옷을 갈아입는 비겁한 존재인지도 모르죠.

서로 다른 두 개의 점이 만나 하나의 선을 만들면 사랑이 이루어진 거고

다시 점으로 돌아간다면 이별인 거죠.

소리 없이 열렸다가 느닷없이 닫히는 것이 사랑이니까요.

시작도 끝도 선명하지 않은 것이 사랑이니까요.

이 순간 백일홍 가지 끝으로 햇살이 달려 나가네요.

그 옆에 피다 만 노란 장미꽃이 우두커니 서 있어요.

초여름 골목길은 어느새 환하게 저무네요.

덧칠된 기다림으로 한쪽 다리가 잘려 나간 여인은

불구가 된 그리움을 안고 밤새 울부짖네요.

백지로 보낸 맹세는 남쪽으로 날아가 저 혼자 푸드득 꿈을 꾸네요.

가려도 지워도 안개처럼 피어나는 간절한 사랑의 정점,

마지막 그래프까지 최고로 올려놓았다가도 끝 모르게 추락하는 것,

그게 사랑일까요? 또 한 번의 흔들림의 뿌리가 여기쯤일까요?

도마의 칼자국처럼 한 사람이 찍어놓은 새빨간 문신이 심장을 후벼파는 것,

묘약과 독약을 모두 지닌 이토록 새빨간 그리움이라면, 어찌할까요?

Post of thinking

치명적이고도 잔혹한 사랑은
그의 부재가 심장을 관통하게 됩니다.
일상이 그때로 멈추게 됩니다.
그가 웃으며 오던 그때로,
내가 그에게 웃으며 다가가던 그때로
삶의 시계는 멈추게 됩니다.

내 사랑방식은
'밀고 당김의 법칙'이었어요

그저 반듯하고 밝기만 해서 그늘이 없는 사람이라 생각했어요.
처음엔 그게 신기해서 끌렸던 것 같아요.
당신이 나보다 그늘이 더 많다는 것을 알았을 때 나는 깨달았죠.
가진 것이 많은 사람일수록 고민도 고통도 더 많다는 것을요.
당신을 사랑해서 욕망하게 되었을 때는 좀 유치한 말이지만,
죽도록 사랑받고 싶었어요. 오로지 나만을 사랑해주길 바랬죠.
늘 당신은 내 곁에 있었어요. 비가 오면 비가 되어
눈이 오면 눈이 되어 바람이 불면 바람으로 머물렀죠.
당신은 늘 안개처럼 자욱하게 나를 에워싸고 있었어요.
당신을 사랑해서 늘 욕망했죠.
당신이 나에게 웃으며 던진 말은 휘청거릴 만큼 충분히 큰 파문이었어요.
"우리, 다음 생에선 좀 일찍 만나자."
시나브로 비처럼 당신에게로 젖어 들었죠.
그리고 충분히 행복했어요.

내 사랑방식은 '밀고 당김의 법칙'이었어요.

처음 당신의 눈을 바라보는 것은 용기가 필요했어요.

품고 있는 마음은 들킬까봐 부끄러웠지만,

가끔은 모르는 척 슬쩍 들켜버리고도 싶었어요.

무작정 기다리기만 하다가는 꼭 잃을 것만 같아 손을 잡았고,

손을 잡고 나서는 꼭 상처를 입을 것만 같아 망설였죠.

물론 사랑과 욕망을 정확히 구분 짓기는 힘들지만

그 둘의 간격은 가깝다는 것이에요.

당신을 사랑하면서 생긴 것들은 30분을 줄서서 버스를 기다려도

빗물이 하얀 원피스에 튀어도 마냥 순해진다는 것이에요.

그러면서도 "더 깊어지지 않을 거야. 더 차가워지지도 않을 거야.

지금이 딱 좋으니까."라면서 중얼거리죠.

경계를 넘어서지 말자고 늘 다짐하죠.

욕망을 드러내고 그걸 실현시키는 것은 욕망의 노예가 되는 것이죠.

정도를 넘어선 욕망은 쪼개지는 희열을 주지만 허무해지기도 하니까요.

어질어질 지나치면 저릿해지는 충격도 주니까요.

그럼에도 불구하고 당신 아니면 안 된다고 말하는 이런 내가 우습죠.

Post of thinking

욕심을 버리니 스쳐가는 바람에도 고마움을 느끼고,
길가에 피어난 이름 모를 꽃도 귀하게 느껴졌으니까.
집착을 버리니 기다림도 그리움이 되더라.

사랑에도 유효기간이 있다면
나의 사랑은 만년으로 하고 싶어요

자꾸만 당신에게 허물어지고 싶은 새벽 2시가 되었어요.
당신에게 가기 위해 떨리는 페달을 쉼 없이 밟고 있어요.
앞에 보이는 터널은 정녕 당신에게로 향하는 길목인가요?
뿌옇게 차오르다 번지는 사랑(愛)이 비에 젖은 가로등을 스치네요.
그리움의 선(線)들이 일렬로 서서 끝없이 바람에 흔들리는 모습도 보이네요.
무엇을 그리려고 그림자까지 지우는지 시간이라는 명사는
아무리 물어도 대답이 없네요.
아슬한 난간에서 떨어지지 않겠노라며
당신의 손을 꼭 붙잡고 버티던 날들이 영화 필름처럼 리플레이되네요.

해질녘 노을 속 백일홍이 빨갛게 타오르다 보송한 솜털 박힌
이파리 하나 '툭' 떨어뜨려요.
아마도 건너편 들판에는 핑크빛 스카프를 두르고 봄이 오고 있겠지요.
당신을 향한 그리움의 무게를 어찌 잴 수가 있을까요?
사랑해서 그리워한다는 것, 그래서 또 기다린다는 것,
그것이 사랑이 아닌가요?

사랑이 끝난 후 연극의 마지막 장면처럼 죽는 것,

그것도 아주 편안한 웃음을 안고 같은 날 같은 시간에 영원히 잠든다면

그것이 사랑의 완성이란 생각을 했어요.

그것이 내가 생각하고 바라는 행복한 사랑이에요.

그런 사랑의 무게를, 그런 사랑의 크기를, 그런 사랑의 깊이를

어찌 인간의 눈높이로 잴 수 있을까요?

당신과 내가 같은 날 같은 시간에 같은 공간에 갇히는 것,

그것이 사랑이니까요.

내가 바라는 가치 있는 사랑은 보호받을 수 있는 권리와 의무를

서로에게 부여하는 것이에요.

그러면서 서로에게 공동 경비구역이 되어주는 것이죠.

'가장'이라는 최상급 부사가 어울리는 내가 사랑하는 당신.

당신이 내 곁에 있어 고마워요. 내 곁에 당신이 있어 또 고마워요.

오늘은 당신의 영혼 속에 갇히고 싶어요.

지금 당신이 무슨 생각을 하고 당신이 어떤 느낌을 안고

살아가는지 그게 가장 궁금하니까요.

꽃이 피고 또 져야만 또 다시 꽃이 피듯

사랑이 시작되고 끝이 있어야 사랑은 계속되잖아요.

이 세상에 우연은 없듯이, 당신과 나 우연으로 만난 인연이 절대 아니니까요.

이 순간 "사랑에도 유효기간이 있다면 나의 사랑은 만년으로 하고 싶다."는

영화 〈중경삼림〉의 한 장면이 생각나요.

딱 내 마음을 말해준 것 같아요.

우리는 같은 날 같은 시간, 같은 장소에서 만나

사랑해야 할 운명을 타고난 사람이에요.

땅은 자신 안에 눈물을 가두고 살아간다는데

나도 눈물을 안고 살아갈 운명인가 봐요.

당신을 만나 당신을 사랑하면서부터 그렇게 되고 말았어요.

때로는 석류처럼 붉게 터지는 눈물을 감추며 살았어요.

내 가슴을 들여다보면 당신에게로 낸 물길, 우회의 강이 보여요.

당신이 웃으면 나도 웃고 당신이 울면 나도 눈물을 흘리는 눈물의 강이에요.

하나가 되어 흐르는 강이에요.

당신 이름 세 글자가 선명하게 박힌 붉은 소인도 심장에 숨겨져 있어요.

오로지 당신 눈에만 보이니까요. 이제는 더 이상 욕심 부리지 않을게요.

그리움이 높이 쌓여 산을 이루어도 기다림이 길어 끝이 보이지 않을지라도

오로지 당신의 그림자가 되어 살겠어요.

한 줌 햇살은 몸을 데워 비상을 하고,
몸 속 그리움은 갈증을 태우려 합니다,
그리움의 선(線)들이 일렬로 서서 끝없이 바람에 흔들립니다,
'가장'이라는 최상급 부사가 어울리는 당신
내 사랑에도 유효기간이 있다면 만년으로 하고 싶습니다

내 걱정하지
말아요

당신, 그거 아세요.
백 명을 기쁘게 해주는 것보다
사랑하는 단 한 사람을 외롭지 않게 하는 것이 최고의 사랑이라는 것을.

당신의 부재가 심장을 관통하는 새벽이에요.
걱정과 두려움으로 생활은 마지막 식사를 하던 그때로 멈춰있어요.
당신의 손길이 마지막으로 닿았던 그때로
당신이 내게 웃으며 다가오던 그때로
내 삶의 시계는 멈추었어요.
미처 전하지 못한 어휘들이 아쉬운 과장법으로 남아
방 안을 나풀거리며 돌아다니네요.

혹독한 이 겨울 준비와 정성, 기다림이 전부인 계절이에요.
고독의 눈에 세상을 덮은 겨울이 아프도록 눈물겨울 줄은 몰랐어요.
당신 없는 1월은 나에게 가장 '잔인한 달'이에요.
그럼에도 불구하고 다시 처음으로 돌아가 꽃을 피울 준비를 해야겠죠?

꽃에게 사랑과 희망을 주는 나비를 기다리며 꿈을 꾸어야겠죠?
인고의 노력을 하며 충실하게 살아야겠죠?

일상의 '모든' 순간을 만족할 수는 없고
만나는 '모든' 사람에게 기쁨을 주지는 못하지만
가장 중요한 한 사람 '나'에게 가끔 기쁨을 주고
언제나 살아가는 '이유'를 만든다면 지금보다 훨씬 괜찮은 날을 만나겠죠.
당신 말처럼 생각을 조금 바꾸면 방향이 달라지겠죠.
내 걱정하지 말아요. 노력해 볼게요.

Post of thinking

'가난한 내가 아름다운 나타샤를 사랑해서 오늘 밤은 푹푹 눈이 내린다.'
백석의 시에 나오는 나타샤를 사랑한 슬픈 주인공이 되지 않기 위해
느리게 다가가겠습니다.

제시 잭슨

눈물과 땀은
둘 다 짠맛이 나지만
다른 결과를 일으킵니다.

눈물은
동정을 얻게 하고

땀은
당신이 변하도록 합니다.

히아신스 꽃을
바칩니다

벌레처럼 파고든 그리움 한 조각
나날이 보름달이 되어 붉게 익어가네요.
불량스레 나날이 예뻐지네요.
나, 어쩌죠?

누구나 마음속에는 그리운 사람이 하나쯤 있잖아요.
가까이 하기에는 두렵고 밀어내기에는 너무 안타까운 귀한 사람이 있잖아요.
그런 사랑은 많이 아프죠. 몸도 마음도 한쪽으로 휘어진 채 살아야 하니까요.
휘어진 영혼은 새벽빛처럼 시큼시큼 전신을 저리게 하니까요.
몇 겹의 두터운 회전 유리문 같은 곳에 갇혀 사랑을 나누는 영혼들이니까요.
정상적이지 못하고 굴절되어 나누는 사랑이라
늘 부족하고 아릿하고 울먹이죠.
넘치면 구역질나도록 지치고 토하고 쓰러지기 일쑤인 굴절된 사랑.
늘 휘청거리면서도 웃는 건 기댈 수 있는 당신이 늘 곁에 있기 때문이죠.
든든한 사람이 있기 때문이죠.

하얗게 눈 내리는 이 밤
하얀 미소를 흘리며 눈길을 주는 당신에게
히아신스 꽃을 바칩니다.
하나는 사랑의 의미로
또 하나는 존경의 의미로
마지막 하나는 감사의 의미를 담아
당신께 바칩니다.

사랑이 말합니다 가끔은 확인이 필요하다고
사랑이 경고합니다 잘못하면 상처가 된다고
사랑은 확인하는 것이 아니라 확신하는 것이니까요

영화 <소울메이트> 중에서

당신,
어디 있나요

오늘도 당신을 생각하며 부적절한
페이지를 넘기다가
날선 종이에 손을 베었어요.
선홍색 피가 잉크도 채 마르지 않은 종이 위로
뚝뚝 떨어지네요.
당신은 흔한 메시지 한 줄 없이 침묵만 날리고
후드득 입술에서 떨어진 말들이
연애편지 되어 허공을 향해 춤을 추어요.
당신의 몽타주를 만들어
바람에라도 안부를 묻고 싶어요.

당신,
잊었나요, 나를.
왜 대답이 없는 건가요.
내 이름을 불러줘요.
내게로 와요.
나를 안아줘요.
당신, 어디 있나요.

기다려 본 적이 있는 사람은 안다.
세상에서 기다리는 일처럼 가슴 아리는 일 있을까.
네가 오기로 한 그 자리, 내가 미리 와 있는 이곳에서
문을 열고 들어오는 모든 사람이
너였다가, 너일 것이었다가
다시 문이 닫힌다.

황지우 <너를 기다리는 동안>

세상이 온통
눈물로 젖었어요

오늘은 당신과 나 어디서 어떻게 만날까요.

목소리로 만날까요. 꿈속에서 만날까요.

그도 아니면 우연히 엘리베이터 안에 갇혀 부딪칠까요.

당신을 생각하는 순간은 꿈속까지도 당신 모습으로 가득하네요.

늘 견디기 힘든 목마름으로 구토까지 일으키네요.

하루 종일 울렁거림의 연속이에요.

아무리 힘들어도 당신이 내 앞에 있다면

눈을 바로 뜨고 당신을 보고 싶다는 생각뿐이에요.

그러나 불투명한 당신과의 인연 때문에 내 눈은 항상 눈물로 젖어 있어요.

문을 잠그고 울어보지만 문틈으로 새어 나가는 울음소리에

우는 나를 따라 하늘도 우네요.

당신을 생각한 오늘 세상이 온통 눈물로 젖었어요.

나는 당신을 진심으로 사랑할 것을 맹세합니다.
모든 행태로 앞으로 영원히 나는 이 사랑이 평생
단 하나임을 절대 잊지 않겠습니다.
내 영혼 가장 깊은 곳에서부터 어떤 것이 우리를
갈라놓을지라도
서로에게 가는 길을 찾겠습니다.

영화 〈서약〉 중에서

언제쯤이면 휘둘림에서
자유로울 수 있을까요

움켜쥔 손가락 사이로 빠져나가는 당신을 향한 그리움 조각들을
애써 붙잡으려고 나 혼자서 참 많이도 발버둥 쳤어요.
하지만 그리움 조각들이 다 빠져나간 후에 당신이 떠났다는 것을 알았어요.
내게로 향한 사랑, 잡아보지도 못할 만큼 난 멍청하고 단순한 바보였어요.

당신을 향한 축축한 목마름, 그건 사랑이었어요.
젖은 두 눈이 무겁게 내려앉는 이 밤,
당신과의 짧은 추억을 훑어보네요.
따뜻한 햇살에 말려 다시 당신의 마음을 담고 싶어요.
그렇게 할 수만 있다면 그렇게라도 하고 싶어요.

욕망을 내려놓은 지 오래죠. 허영도 버린 지 오래고요.
단 하나 갖고 싶은 것이 있다면 당신의 마음이었어요.
언제쯤이면 사랑의 휘둘림에서 자유로울 수 있을지.

내가 저지른 모든 일들을 지우고 당신에게로 갈 수만 있다면

자신을 큰 바다 위에 던지는 석양처럼 그렇게 나를 던지고 싶어요.
이렇게 벼랑 끝에 간신히 매달려 버티고 있는 내 사랑이 가여울 뿐이에요.
당신 그래도 여전히 내게 말없음표만 무수히 날리고 있으니,
난 어찌해야 하나요?
이제 피멍이 물감처럼 번져 온몸이 발갛게 물들어 버렸어요.

당신을 잊기로 했는데.
아침에 눈을 뜨면 햇살처럼 다가오는 당신,
그런 당신을 보면 여전히 맘이 설레는데 난 어찌해야 합니까?

Post of thinking

이토록 깊숙이 박힌 이름.
입가에 맴돌다 말라붙은 밀어들.
쏟아지는 빗줄기 사이로 헤엄을 칩니다.
남몰래 흐르는 눈물 한 방울.
찻잔에 떨어집니다.

보고픈 당신,
당신이 그리워요

한때는 외줄 위에서 목숨을 건 무희처럼 춤을 춘 적이 있었어요.
목숨을 걸며 춤을 추다 다치기도 하고, 쓰러지기도 하며
온몸을 아픔에 쓰러지는 갈대처럼 춤을 추다 다쳐 우는 나를 보았어요.
더 이상 자라지 않는 한 송이 사랑의 꽃을 피우기 위해
온몸을 흔들거리며 춤을 춘 적이 있었어요. 바람맞은 들꽃이 되더라도,
한 마리 착한 나비가 꽃 피기 전에 내게로 날아와 준다면,
목숨 건 무희가 되더라도 더 이상 외롭지 않는 행복한 무희가 될 텐데요.
하지만 바람처럼 날아온 나비 한 마리는
해독하지 못하는 암호만 남긴 채 날아가 버렸어요.
렌즈에 포착된 한 컷의 사진처럼
내 기억 속에 여전히 남아있는 그리운 사람, 곡우기, 봄비 내리는 이 아침.
커피 잔에 피어오르는 동그란 얼굴을 보며 파가니니의 라 캄파넬라를 전합니다.
보고픈 당신, 당신이 그리워요.

내게 필요한 사람
나를 이해해주는 사람
내 말을 들어주는 사람
그 사람이 그립습니다.
그 사람을 만나 밥 한 끼 먹고 싶습니다.
그 사람을 만나 술 한잔 하고 싶습니다.

내 인생의
기미인 당신

앉지도 서지도 못한 채 번져가는 사랑의 혈흔,
태어나지도 못한 채 한 편의 죽은 시가 되어 네 곁을 빙빙 맴돌고 있어요.
잉잉거리며 혼자 울다 지친 휴대폰도 지친 듯이 소파 위에 나뒹구네요.
당신이 남긴 눈물의 엑기스 때문에 내 사랑이 슬프네요.
내 사랑이 아프네요.

사랑에 굶주려 힘없이 쓰러진 새 한 마리는 지나가는 시선을 붙잡고 있고
감겨진 망막 사이로 대답 없는 당신 얼굴이 겹쳐 보여요.
오늘도 키 큰 당신이 저만치 올 것 같아 마음 먼저 나가 있지만
붉은 단풍나무만 바람에 가늘게 흔들릴 뿐,
허전한 사랑의 뿌리는 휘휘 목울음을 토하네요.
혀끝에 번진 그리움만이 목 끝에 걸려 몇 달을 지쳐 울다가,
이제는 눈물 꽃 되어 내 심장 안에서 파르르 떨고 있어요.

내 인생의 기미인 당신,
앉지도 서지도 못한 채 번져가는 멀고 먼 기다림에
내 가슴에 담긴 당신의 얼굴,
내 가슴에 물든 당신의 목소리, 가슴에 걸친 얼음 같은 눈물 다 걷어내고도
지울 수 없는 사랑의 문신 하나만이 페인팅 되어 내 심장에 박히고 말았어요.
당신이 남긴 눈물의 엑기스 때문에 내 사랑이 슬프네요.
여전히 목마른 내 사랑이 아프네요.

Post of thinking

아무 일 없었다는 듯이 햇살이 쏟아집니다.
나뭇가지에 매달린 꽃 사과는 저 혼자 붉게 물듭니다.
바람은 찰랑거리며 빨간 샐비어 꽃잎을 뒤흔듭니다.
다시 환해지는 여름의 끝,
당신이 그립습니다.

잊으려 했어요

사랑은 외로운 길이었어요.
암흑 속에서도 핏빛 수맥을 찾아 뿌리를 내리는 나무처럼
오늘도 당신이라는 수맥을 후각으로 더듬으며 찾아가네요.
사랑은 깊어 갈수록 외로움도 짙어지는 병인가 봐요.
잊으려 했어요. 당신을 향해 흐드러지게 물든 핑크빛 시간들을
강물에 띄우려 했어요. 강물에 띄우면 떠날 줄 알았으니까요.
다 떠나보내고 핑크빛 줄무늬의 당신 그림자,
그 빛깔, 그 향기만을 내 가슴에 담으려고 했어요.
하지만 내 머리부터 발끝까지 곳곳에 덕지덕지 붙은
당신의 흔적을 떠나보내지는 못했어요.
나도 모르게 내 몸 중심부인 심장 안으로
하나둘 고여 들기 시작했으니까요.
행여 고여 든 사랑이 썩지나 않을까, 죽지나 않을까 하고
바라만 보았으니까요.
당신 떠나고 그렇게 오랜 시간을 먹먹한 가슴으로 보냈어요.
잊힐 줄 알았고, 잊은 줄 알았지만 다시 찾아온 이 봄,
흐드러지게 핀 진달래꽃을 보며
또다시 내 마음은 그리움에 물들고 말았으니까요.
사랑은 또 이렇게 그리움을 수놓으며 스며들고 말았으니까요.
당신에게는 더 이상 자라지 않는,
말라버린 풀일지 모르지만 당신을 향한 내 마음,
그건, 그때나 지금이나 변함이 없으니까요.
나 어쩌죠?

보고 싶다는 말보다, 그립다는 말보다 더 간절한 말이 있을까요?
목젖까지 차오르는 그리움에 목이 멥니다.
당신이 그립다는 말, 당신을 사랑한다는 말을 힘들게 토해냅니다.

나르시스의 눈물을
기억하시나요

오늘,
내 가슴속 갈피에 백지 한 장 끼워 넣고 지도에도 없는
당신에게로 가는 길을 찾고 또 찾아 당신에게로 갔어요.
하지만 당신 마음 한 글자도 받아 적지 못한 채
미완의 사랑만 가슴에 품고 돌아왔어요.

갈 때마다 돌아오는 빈손,
오늘도 당신을 만나지 못한 채 바람에게
당신 잘 계시냐는 안부만 묻고 왔어요.
당신 집 앞에서 사랑한다, 사랑한다고
소프라노로 수없이 외치고 싶지만 망설이다가 물음표만 남기고 왔어요.
당신 집 앞에서 보고 싶다, 보고 싶다고
목이 아프도록 소리치고 싶었지만 다 포기하고 느낌표만 흘리고 왔어요.

그저 당신 맘 아프게 할까봐. 그저 당신 힘들어질까봐.
다 포기하고 쓸쓸히 돌아왔어요.

당신에게 하고 싶은 말. 내 가슴에 묻고,

아무 대답도 듣지 못한 채 쉼표만 안고 돌아왔어요.

그저 당신 맘, 아프게 할까봐. 그저 당신 힘들어질까봐.

그게 싫어 빈손으로 돌아왔어요.

오늘도 내 안에는 당신을 향한 원시의 사랑은 쉬지 않고 자라나고

비와 함께 흘러내리는 나르시스의 눈물은 내 몸, 내 영혼을 적시고 말았어요.

당신, 이런 나를 아시나요?

Post of thinking

어찌하여 내가 당신에게 왔는지
어찌하여 내가 당신 앞에서 무릎을 꿇고 있는지
어찌하여 내가 당신 앞에서 울고 있는지
나는 모르겠습니다. 당신은 아시나요?

한 잎의 고독

Think Word

당신을 만나면 만날수록
더 깊은 그리움이 있고

당신을 알면 알수록
더 모르겠다는 생각이 들고

당신을 멀리하면 할수록
어느새 당신은 내 안에 있습니다

당신을 사랑하면 사랑할수록
더 깊은 고독이 밀려옵니다

동행

+
Think Word

소식이 없어도
만나지 않아도
늘 함께 하는 사람

함께 하기에 괴로워도
함께 하기에 너무 아파도
헤어질 수 없는 그대와 나

아무리 힘들어도
다시 일어서게 하는 사람
그대

그대와 나는
함께 하는 사람

오늘도
그대 오시는 길목에 서서
그대를 기다립니다

아버지의 생신이었어요

오늘은 정직을 최선이라고 생각하며 살다 가신 아버지의 생신이었어요.
임종의 자리도 지켜드리지 못한 죄 생각하면 할수록 마음이 아프네요.
오랫동안 참아왔던 그리움 그리고 죄송함의 눈물이 한꺼번에 솟구치네요.
만나고 싶어도 보고 싶어도 눈물이 나도록 그리워도 볼 수 없어 안타까워요.
어젯밤 꿈속에서 환히 웃으시는 아버지를 보았어요.
가끔 엄마는 영정사진을 닦고 또 닦으며 무언의 대화를 하시는데
그 모습을 지켜보노라면 마음이 아파요.
가끔 집을 찾아 몰래 왔다 가시는지 모르지만
어젯밤에는 바람도 숨을 죽였어요.
한평생 당신만을 바라보며 살던 엄마.
앞가림 제대로 못하는 작가 걱정에 찾아오셨나 봐요.
이 아침 죄송한 마음으로 생신상을 차렸어요.
당신 좋아하시는 인절미 한 접시, 북어 전 그리고
수박 한 통으로 마음을 전했어요.
그리고 당신의 뜻대로 정직하게 반듯이 살자고 약속했어요.
원하는 일보다 지금 하고 있는 일을
원하는 사람보다 지금 함께 있는 사람을
원하는 곳보다 지금 머무는 곳을 좋아하며 살기로 다짐했어요.
이유는 철이 든 탓도 있지만 살아온 날보다
살아갈 날이 많지 않다고 느끼기 때문이죠.

아버지!

당신에 대한 그리움을 밝히고 또 밝혀 환해질 수 있다면

참회와 기도로 하얗게 깨어 있겠습니다.

'헨리'처럼 시간여행자가 되는
기회가 주어진다면

스타벅스 커피숍에서 흘러나오는 로맨틱 영화
〈If only〉의 배경음악이 잠 못 드는 영혼을 위로하네요.

I love you.
You love me. Take this gift and don't ask why.
And if you ask me why I'm with you, And why I'll never leave.
Love will show you everything.
나 그대를 사랑하고
그대 나를 사랑하니 왜냐고 묻지 말고, 내 맘을 받아요.
왜 내가 당신과 함께 하는지
왜 내가 당신 곁을 영원히 떠나지 않는지 묻는다면,
사랑이 모든 것을 말해 줄 거예요.

세상에 모든 사람에게 사랑할 시간이 단 하루가 주어진다면
영화처럼 치열한 사랑을 하겠지요.
간절함이 배어 있는 '내 사랑이 모든 것을 말해 준다.'는 그 말이
듣고 또 들어도 눈물겨워요.
오늘은 원고를 재촉하는 잡지사의 전화를 받지 않았어요.
작업 중인 원고가 맘에 들지 않아 고민하다가
당신이 추천해 주었던 〈시간 여행자의 아내〉를 다시 보았어요.
시간 여행의 운명을 지닌 '헨리'를 평생 기다리는 아내 '클레어'의
애절하고도 영원한 사랑에 많은 생각을 했어요.
과연 이 시대를 사는 수많은 여인이 지금 당장
그녀가 된다면 어떤 선택을 할까요?
그 누군가 나에게 같은 질문을 한다면,
나는 기다릴 것이고 '반드시 기다린다.'가 나의 대답이에요.
그 이유는 그를 사랑하는 것은 그를 사랑함과 동시에
나 자신을 사랑하는 의미가 되니까요.
만약 나에게 '헨리'처럼 시간 여행자가 되는 기회가 주어진다면
타임머신을 타고 과거 속으로 돌아가 이십 대의 당신을 만나고 싶어요.

당신의 눈빛에서 욕망을 느끼고 당신의 손끝에서
사랑을 갈구하는 사랑받는 여인이고 싶어요.
우리에게 사랑할 시간은 얼마나 남았을까요?

얼마 전까지만 해도 남녀 간의 운명 같은 사랑은 없다고 생각했는데
당신과 나의 인연처럼 '운명 같은 사랑은
누구에게나 한 번은 찾아온다.'로 수정했어요.
잠시 소나기가 무섭게 퍼붓다가 햇살 속에 얼굴을 내미는 무지개처럼
운명 같은 사랑은 아주 짧은 순간 머물다 가는데
어떤 사람은 그게 사랑이라는 것을 알아차리고
어떤 사람은 무심코 흘려버리죠.
사랑이 지나가고 뒤늦게야 그때의 스침이 사랑이라는 것을 깨닫게 되죠.
어떤 인연은 바람처럼 스쳐가는 사랑도 있지만
어떤 인연은 사랑이 떠나고 나서 사랑앓이가 시작된다는 것이에요.
그렇게 얄미운 것이 사랑이잖아요.
가끔은 사랑의 블랙홀(black hole)에 영원히 갇히는 것이
행복한 사랑이 아닐까 생각했어요.
둘이 갇히게 된다면 다른 사람을 만나거나
다른 누군가를 사랑하게 될 일은 일어나지 않을 것이고
서로를 의심하거나 도망갈까봐 두려워하는 일도 없을 테니까요.
증오도 애증도 없을 테니까요.
오로지 서로에게 의지하며 사랑하는 일만 있을 테니까요.
욕심인지 집착인지 모르지만 그래요. 현재의 내 마음이.
함께 꿈꾸는 세상에 당신과 내가 존재한다는 것이 기뻐요.

이제는 그 어떤 유혹에도 흔들리지 않고, 비틀거리지 않는 우리였으면 해요.

당신에게 길들여진 듯 목젖을 타고 올라오는

이 간절한 울렁거림이 사랑이겠죠.

날 이끄는 당신이라는 정원, 참 따뜻해요.

그 정원으로 들어가 내 지친 육신을 누이네요.

오늘도.

Post of thinking

가끔 라디오에서 좋은 노래가 나올 때가 있습니다.
노래를 듣고 나선, 들은 것만으로 행복해지기도 합니다.
만약 평생 동안 듣고 싶은 노래가 있다면, 당신이 바로 그 노래입니다.

영화 <유 콜 잇 러브>

세상에서 가장 슬픈 말은
'후회한다'는 말인 것 같아요

오늘은 내가 어디로 가고 있는지,

무엇을 위해 살고 있는지를 모른 채 하루를 살았어요.

한마디로 '길을 잃어버렸어요.(I'm lost)'

분명 'lost'의 반대말은 'find'잖아요.

내가 스스로 찾아 나서야 나의 길을 발견할 수 있겠죠.

그런데 머뭇거리다 기다리다가 시간은 지나가버렸어요.

기회를 놓쳐버린 하루였어요.

마음이 가리키는 곳으로 눈을 돌리고 발길을 재촉해야 하는데

오늘은 남이 바라보는 곳을 찾아 갔어요.

결국 다시 제자리로 돌아와 버렸지만요.

아마도 세상에서 가장 슬픈 말은 '후회한다'는 말인 것 같아요.

후회는 실수, 실패의 주인이기도 하니까요.

그 의미를 알면서도 '후회한다'는 행동을 하게 되니까요.

아마도 완벽하지 못해서 그렇겠죠?

경험이 내려준 선물이 있습니다.
인생이란 정답을 가지고 살아가는 것이 아니라는 것,
살아내면서 정답을 찾는 것이었습니다.

아! 당신인가요?

3月에 내린 눈을 모포 끌어안듯
꼭 껴안은 선운사 가는 길이 하얗게 눈 천지로 변했습니다.
복분자 밭을 당신과 함께 거닐었던 그 여름의 끝
난생 처음 본 얼룩무늬 나비의 날갯짓을 보며
잠시 행복에 젖었던 그날이 떠오릅니다.
이제는 눈길 위에 드문드문 찍힌
먼저 거닌 사람들의 발자국이 왠지 낯설지 않아 보입니다.
산 중턱에 미리 도착한 봄 풍경도 어쩌다가 드문드문 보입니다.
당신, 아마도 제일 먼저 남쪽 그 어딘가에서
떠나는 겨울과 미리 도착한 봄을 느끼며 시린 발길을 돌리시겠죠.
선운사 밑자리 그 어딘가의 개울에서
얼어있는 개울 자락 아래로 흐르는 물소리도 들으시겠지요.
말없이 따뜻한 봄 풍경을 기다리는 새소리도 들으실 거고요.
아직도 겨울이 낯설지 않은 선운사에는
하얗게 문신 새기듯 지나가는 누군가의 발자국 소리가 들립니다.
아! 당신인가요?

루소의 〈에밀〉이 주인을 찾아왔습니다
오래된 책은 퀴퀴한 종이 냄새가 납니다
그 냄새가 참 좋습니다
문득 책을 펼치는데 하얀 메모 쪽지가 꽂혀 있습니다
'토요일 오후 2시 채플린'
심장 박동이 빨라집니다
몸보다 마음 먼저 그곳에 갑니다

돌아올 곳 없는 추억만이
허공을 맴돌 뿐이겠죠

따뜻하기보다 이제는 뜨겁다는 느낌이 드는 6월의 햇살이에요.
빨간 장미꽃도 담장 밖으로 나가고 싶어 수북수북 꽃을 피우고 있어요.
그러나 나는 아직도 누군가 만들어 놓은 작은 울타리에 갇혀 살고 있어요.
초침소리와 함께 나이테만 늘어가고 있어요.
장미꽃잎 부딪치는 소리에 마음을 잃어버릴 때가 한두 번이 아니에요.
몸과 마음이 울먹일 때마다 물 밖으로 나가고 싶어 튀어 오르는 물고기처럼
내 울음소리도 창밖으로 새어나가죠.
천둥 비 지나간 뒤에 흐드러지게 뻗어나간

초록의 물결이 이불이 되어 시린 마음을
따뜻하게 덮고 있어요.
한참을 낮게 흔들리더니
이제는 부드러운 중심을 잡았죠.

방 안을 휘감아 돌던 침묵도 사라졌어요.
사람이든 식물이든 동물이든 모든 것은 유효기간이 있다는 것,
살아 움직이는 것들은 모두가 짧은 생(生)을 가지고 태어났다는 사실이에요.
살아 있는 것은 죽음으로 자신을 지우고 죽음은 죽는 것으로
다시 생명을 잉태하니까요.
먼저 지나간 눈길의 발자국도 다음 사람이 걸어가면서 지우듯
모든 것은 다 지우며 떠나가는 것이니까요.
형형했던 눈빛도, 몸도 마음도 닫히고 나면
돌아올 곳 없는 추억만이 허공을 맴돌 뿐이겠죠.

오지 않을 사람은 아무리 기다려도 오지 않습니다
만나야 할 사람은 늦더라도 반드시 만나게 됩니다
그럼에도 오지 않을 사람을 기다리게 되고 그리워합니다
내일은 올 거라는 1%의 오진 희망은 갖고 바쁘게 됩니다
당신도 나처럼

사랑하기 좋은 날은
오겠지요

추락하는 시간 속에 이정표처럼 길게 늘어선
생각의 조각들을 태우기 위해 쪼그리고 난로 앞에 앉았어요.
버거운 것들은 불살라 버리기로 작정했어요.
일이든 욕망이든, 희망이 멀리 있는 것이라면
내 것이 아닌 거라 인정하고 보내기로 했어요.

아궁이 앞에 엎드려 장작을 집어넣듯 하나씩
활활 타고 있는 장작불 속으로 밀어 넣었어요.
치열하게 노력했지만 한쪽 날개가 꺾인 피 묻은 꿈의 조각도 던져 넣고
누군가 툭 건넨 말이 고통이 된 상처 조각도 밀어 넣고,
분수에 넘치는 아름다운 사랑 조각도 미련을 버리고 던져 넣었어요.
폐허가 된 생각의 그림자가 백야의 숲을 서성이네요.

산다는 것은 어쩌면 태우는 과정인지도 모르죠.

슬픔을 태우고, 기쁨을 태우고, 욕망을 태우고,

사랑을 태우며 사는 것이겠지요.

다 태우고 나면 아무것도 걸치지 않은 첫 모습으로 돌아가겠지요.

그리고 다시 무언가가 하얗게 타오를 준비를 하겠지요.

용기를 내어 추위 견디면 배나무 꽃잎 흩날리는 봄은 올 것이고

시간을 모아 잎을 만들고 잎을 모아 송이송이 하얀 배꽃을 피우겠지요.

꽃잎 위로 나풀거리며 춤추는 황금나비도 만날 수 있겠지요.

당신과 나에게도 사랑하기 좋은 날은 오겠지요.

Post of thinking

때론 미친 척하고 딱 20초만 용기를 내 볼 필요도 있습니다.
진짜 딱 20초만 창피해도 용기를 내는 겁니다.
그럼, 장담하는데 멋진 일이 생길 테니까요.
영화 <우리는 동물원을 샀다> 중에서

어김없이 당신이 생각납니다
새까맣게 잊힌 이름
미치도록 사랑했던 두 사람
이제 우리는 누구인가요

PART 5

새벽 2시에 생각나는 사람

사랑하고 싶다

해 지면
그대 생각 커지고
어둠 깊어 가면
그리움은 하늘에 걸린다

그대 발길에
내 눈물 흐르고
그대 손길에
전신에 퍼지는 파열음

함께 할 수 있다면
얼마나 좋을까
사랑하고 싶다

함께 있을 수 없음을 슬퍼하지 말고
잠시라도 내 곁에 있을 수 있음을 기뻐하고

더 좋아해 주지 않음을 노여워 말고
이만큼 좋아해 주는 것에 만족하고

나만 애태운다고 원망하지 말고
애처롭기까지 한 사랑을 할 수 있음에 감사하고

주기만 하는 사랑에 지치지 말고
더 많이 줄 수 없었음을 아파하고

남과 함께 즐거워한다고 질투하지 말고
그의 기쁨이라 여겨 함께 기뻐하고

이루어 질 수 없는 사랑이라 일찍 포기하지 말고
깨끗한 사랑으로 오래 간직할 수 있는
나는 당신을 그렇게 사랑합니다.

한용운 <인연설>

사랑은 아름답지만
결혼은 미친 짓이다

영하의 기온마저 추억을 그립게 하네요.

젊은 날의 안부가 그리운 날,

설익은 사랑은 저 혼자 외롭게 자라다 끝내 고드름이 되어 버렸어요.

얼어버린 그리움은 늘 그 자리에서 고드름이 되어 당신을 기다리네요.

집 앞에 세워둔 기다림의 소나무 한 그루가 추위에 떨고 있어요.

서랍 안에 갇힌 채로 울고 있는 당신이 선물한 추억들이 눈시울을 적시네요.

어쩌면 따뜻한 봄을 기다리고 있는지도 모르겠어요.

따뜻한 국화차를 마음으로 건네 보지만 당신은 여전히 대답이 없어요.

그 옛날에 당신이 남긴 마지막 눈물의 키스는

나를 진한 그리움으로 붉게 물들이네요.

'사랑은 아름답지만 결혼은 미친 짓'이라던 당신의 마지막 눈물의 고백이

귓가에 맴도네요.

비우려 했지만 비우지 못한 당신을 향한

그리움의 그러데이션이 여전히 짙어요.

봄이면 흐드러지게 핀 벚꽃 향을 맡으며

워커힐 산책로를 나란히 걷던 때가 생각이 나요.

서랍 속에 가득한 당신이 남긴 흔적,

나를 아프게 했던 추억까지도 비가 오고 바람이 불면 더욱 그리워져요.

식어버린 찻잔에 얼룩진 분홍빛 립스틱의 흔적은

당신이라는 비밀의 정원으로 나를 이끄네요.

잠시 동안 아무도 몰래 머물렀던 당신의 푸른 정원은

여전히 따뜻하고 편안했어요.

그립고 또 그리운 당신,

그 옛날 당신이 좋아하던 베토벤의 운명 교향곡을 들으며

블루마운틴 커피를 천천히 내려요.

조
지
훈

사랑을 다해 사랑했노라고
정작 해야 할 말이 있음을 알았을 때
당신은 이미 남의 사람이 되어 있었다.

......

울어서 힘든 눈 흘김으로

미워서 미워지도록 사랑하리라.

......

한 잔은 떠나버린 너를 위해
한 잔은 너와의 영원한 사랑을 위해

〈사모〉

흐르는 물이 되어
당신에게로 가고 싶어요

주룩주룩 장대비가 내려요.

나란히 전등사로 소풍가던 날

산 중턱에서 만난 초록빛깔의 무당개구리도 생각나고

비를 맞으며 탑돌이를 하는 동자승도 생각이 나요.

라디오에 주파수를 맞추니 당신 좋아하는 '운명' 교향곡이 흐르네요.

시간은 함께 듣던 그때 그 순간으로 나를 데려가네요.

기억은 돌고 돌아 그 순간으로 멈추어 있어요.

보고 싶다는 말보다 그립다는 말보다 더 간절한 말이 있을까요.

장대비 내리는 날에는, 베토벤의 음악이 흘러나오는 날에는

이유 없이 우두커니가 되어 마음은 아픈 방랑을 하네요.

오늘도 내 사랑은 꿈을 꾸듯 환희의 춤을 추기도 하고

때로는 애증의 화살을 날리며 돌아올 수 없는 레테의 강을 건너고 있어요.

소크라테스는 '너 자신을 알라'고 했는데요.

당신을 사랑함에 있어 무엇을 알아야 하는지요.

의무감(must)이 아니라 간절히 원함(want)을

무엇으로 표현해야 하는지 정말 모르겠어요.

보호받을 수 있는 권리와 의무를 서로에게 부여하는 것
그러면서도 서로에게 공동 경비구역이 되어주는 것
그것이 가치 있는 사랑입니다.

언어의 수단을 뛰어넘는 게 간절한 내 사랑이 아닐까 싶어요.
목젖까지 차오르는 그리움에 목이 메네요.
이토록 깊숙이 박힌 당신 이름 세 글자
입가에 맴돌다가 쏟아지는 빗줄기 사이로 헤엄을 치네요.
잊으려 할수록 자꾸만 깊어지네요.
남몰래 흐르는 눈물 한 방울 찻잔에 떨어져요.
내 마음속엔 당신만 있나 봐요.
이 밤, 흐르는 물이 되어 당신에게로 가고 싶어요.

휘청거리는 미친 취객이
되어버렸어요

눈처럼 하얀 꽃비 흩날립니다. 인디언 달력에는
3월을 '마음을 움직이게 하는 달'이라 했는데요.
봄인가 싶더니 3월에 함박눈이 내리고
다시 겨울인가 하면 봄 햇살에 눈이 부셔요.
막 도착한 당신의 체온이 담긴 이메일, 심장이 떨려서 확인하지 못했어요.
오렌지빛 도심의 거리, 15층에서 내려다보는 것도 나쁘지 않아요.
함께 걸었던 한강로 산책길 그리고 덕수궁 돌담길은
여전히 그 모습 그대로네요.
깊어가는 4월의 밤 녹턴의 나직한 호흡소리를 들으며 그대를 부르네요.
치명적인 그리움은 몸보다 마음 먼저 그대 계신 그곳으로 달려가
배를 띄우고 건너가려고 했지만 오늘은 문이 열리지 않네요.
나 밀물이 되어 이곳에 왔는데
아마도 당신은 썰물이 되어 이미 나가버린 것 같아요.
알몸을 드러내고 열리지 않는 문밖에서 기다리고 있어요.
비우고 또 지워도 햇살처럼 쏟아지는 추억이
눈앞에서 물결 되어 춤을 추네요.
마치 만삭인 목련꽃 봉오리가 몸을 푸는 것 같아요.
부풀다 터진 햇살 조각도 새색시처럼 대지와 뒤엉키며 뜨겁게 입맞춤하고요.

그리움도 꽃이 되어 그립다고 고개를 쳐드네요.

견디다 못해 부르튼 그리움을 끌어다 놓았으니 기다림이 잉태했겠죠.

내 팔에 기댄 그대에게 난 묻고 싶었죠.

"왜 나를 사랑하느냐고…." 말하기도 전에 목이 메네요.

그대는 대답 대신 늘 말없이 끌어안아 주셨죠.

바다 속보다 깊디깊은 그대 마음이 나를 순수한

그대 여인으로 만들어 놓았죠.

이렇게 숙명의 끈으로 묶어 놓았죠.

서로를 향해 흔들리며 잎이 피는 무화과나무처럼

얼마의 시간이 흐르면 서로의 흰 뿌리에 닿을 수 있을까요?

이제는 그대 물결에만 흔들리는 파도가 되고 싶어요.

이제는 그대 바람에만 미소 짓는 꽃이 되고 싶어요.

댓잎같이 푸르게 소나무처럼 당당하게 뿌리를 내리고 싶어요.

곁에 있다가 없으니까, 보이다가 안 보이니까 정말 미칠 것 같아요.

오늘따라 가까이 떠오르네요.

신기루처럼 투명한 그리움이 밀물이 되어 가득 차오르네요.

내 안에 저 혼자서 흐드러지게 피는 꽃을 어찌하나요?

온통 그대 생각에 짓물러 터져 떨고 있는 그리움의 꽃다발을 어찌하나요?

지금 창밖은 4월의 잔인한 바람에 못 이겨 눈보라치듯 꽃잎이 날리네요.

곧 만나겠지요, 당신을.

당신을 향해 처음 문을 열 때보다도 오랜 시간이 흐른 지금

당신을 기다리는 것이 더 두렵고 떨리네요.

오늘도 외로움과 두려움에 휘청거리는 사랑의 미친 취객이 되어버렸어요.

나 어찌하나요?

Post of thinking

아프도록 지치도록 목 놓아 부르던 이름 세 글자
결국 심장에 새기고 말았습니다.
혈관을 타고 흐르는 따뜻한 물줄기 양수가 되고
불멸의 꽃 한 송이 피워냅니다.
모든 것의 처음과 끝인 길을 만들었습니다.
당신과 나의 사랑의 길.

오늘이 마지막 파티일지 모르니까
우리 춤을 추어요

당신 그거 아세요?
사랑은 우주가 한 사람으로 좁혀지는 기적이라는 것을.
사랑하면서 진정한 자신을 발견하게 된다는 것을.
사랑하는 동안 단 하나의 별이 되어 서로를 향해 반짝인다는 것을.
겨울 볕이 뜨거워요. 바람이 뜨거워요.
추운 줄도 모르고 바람개비가 돌아가요.
기억의 끝에서부터 샘솟듯이 되살아난 옛 풍경에 눈물이 날 것 같아요.
그 장소는 이토록 아름다웠던 것이었어요.
어째서 그때는 그것을 깨닫지 못한 걸까요?
펄럭펄럭 노는 듯이 춤추며 날아가는 겨울새,
달빛 아래에서 슬픔을 띤 푸른색의 별빛, 모두가 아름다워요.

여기저기에 당신다운 당신이 머무는 곳이라면 바로 거기가 천국이죠.
꽃잎이 떨어지는 속도는 초속 5센티미터로 바닥에 닿는다는데
나는 어떤 속도로 당신에게 다가가고 있는 걸까요?
시간의 모래를 거꾸로 세워도 돌아갈 수 없어요.
이 손 놓지 말고 마지막 사랑을 하자고 맹세한 것 잊지 마요.
그냥 이 순간을 즐겨요, 우리.
하얀 파도 꼭대기, 강한 빛으로 몸을 따듯하게 데워주는 새하얀 태양.
눈부시다 못해 뜨거워요.
의식이 녹을 것 같아요. 의식이 회전하네요.
오늘 밤만의 최고의 파티니까, 우리 춤을 추어요.
돌고 돌면서 넘쳐흐르는 마음을 안아서 춤을 추어요.
은청색 물결, 둥글게 휘어진 수평선이 빛을 반사하네요.
오늘이 마지막 파티일지 모르니까 우리 미치도록 춤을 추어요.

어느 날 예정된 스케줄에 의해 우연이라도 너를 만나면
가슴에 감춰둔 애증의 검은 문신 떼어내고
처음 너를 향해 뿌려놓았던 동백꽃잎으로 카멜리아 힐을 내리라.

내 그리움은 늘 바깥이라는 것을
당신은 아시나요?

당신은 문패처럼 눈을 뜨고 있으나 눈을 감고 잠들었을 때나
늘 함께하는 사람이에요.
때로는 서로의 피를 빨아먹는 한 쌍의 격렬한 뱀파이어가 되었다가
어떤 때에는 무채색 수묵화 같기도 한 무덤덤한 사랑이지만.
내게는 이름만 떠올려도 눈물이 나도록 그리운 당신이죠.
도대체 사랑이 뭐기에 나를 기쁘게도 외롭게도
살아 있게도 죽게도 만드는 걸까요?

칼릴 지브란은 '보이지 않는 것은 사랑이 아니다'라고 표현했지만
진정한 사랑은 천천히 몸을 통해 가슴으로 전하는
그래서 조금씩 커가고 마음속 깊이 뿌리 내리는 것이에요.
시간이 흐를수록 깊어지고 쉽게 변하지도 떠나지도 않는

사랑이 행복한 사랑이잖아요.

오늘, 사방을 돌아다녀도 다시 이 자리, 그저 날 이끄는 바람,

당신이라는 정원으로 들어가 서로 기대어 울고 웃는

풀잎이 되어 지친 몸을 누이고 싶어요.

길 건너편 내 시야에 들어오는 첨탑에 아슬아슬하게 걸린 초승달,

내 얼굴에 스며든 그리운 사람의 짙은 눈썹 같아요.

자꾸만 허물어지고 싶은 새벽 2시, 나를 나로 인정해준 단 한 사람.

비록 어둠이 오늘은 그를 덮고 있지만 사랑이라는 이름으로

나를 다시 태어나게 해준 지상에서 가장 아름다운 별,

내가 사랑하는 당신이에요.

그럼에도 웃으며 누워있는 그리움은 늘 바깥이라는 것을 당신은 아시나요?

Post of thinking

아무리 사랑하는 사이라도 생각의 '다름'이 있나 봅니다.
그 '다름'의 간격을 좁히는 것도 사랑이 아닐까 합니다.
'다름'의 간격을 좁히려면 지독한 '배려'와 '희생'이 필요한 것 같습니다.

푸른 빛 악마의 키스는
내 호흡소리마저 끊어 놓았어요

책장을 넘길수록 계절이 앓는 소리가 들리네요.
말 못할 내 사랑도 그 어딘가로 깊숙이 숨어 버리고
우연의 이름으로 다가온 필연의 인연 한 자락이 타는 겨울바람에 흔들리네요.

이제, 추억이 된 나무 한 그루 집 앞 마당 위에 서 있어요.
기억이 모여 추억이 된 사랑의 잔해들은
바람이 흔들릴 때마다 시린 눈물만 안고 나타났다 사라지네요.
쌀알 같은 여름 볕에 저 혼자 커갔던
키 작은 나무 한 그루 목마름에 말라 죽어가고 있어요.

후회처럼 빠르게 쌓이는 그리움
후회처럼 빠르게 쌓이는 기다림
후회처럼 빠르게 쌓이는 아쉬움
하지만 너무 늦게 찾아온 것들.

이미 내가 바라보는 그곳엔 검은 커튼이 내려졌고
창밖을 내다보던 그 눈길 오간 데 없네요.
사랑에 전신을 베인 나, 내 영혼마저 베어 버린
당신의 마지막 립 서비스가 된 푸른 빛 악마의 키스는
내 호흡소리마저 끊어 놓았어요.

돌아서는 당신의 축 처진 뒷모습을 보았습니다.
되돌아온 나의 말이 울고 있습니다.
어제는 환희였던 그것이 오늘은 슬픔이 되어 '훅' 덮치네요.

당신과의 인연,
지금 우리는 어디쯤 와 있을까요

비몽사몽간 쫓아간 그곳,
익숙하기도 하고 낯설기도 한, 흐릿한 당신의 실루엣이 보이는 방이었어요.
뒤태에서 흘러나오는 당신의 느낌, 향, 그리고 몸의 울림.
내가 수절할 만큼 기다렸던 내가 바라던 모습이었어요.

내 안에서만 머물던,
아주 오래 잊고 있었던 그리움의 물무늬가 세상 밖으로 얼굴을 내밀었어요.
장밋빛 립스틱을 바른 또 하나의 여인이 되려나 봐요.

지난여름, 가을 내내 내 안에서만 받아온 수혈의 힘으로
탈색되지 않은 고운 얼굴을 안고 세상 속으로 뛰어나온 당신.
행여 달아날까 조심조심 당신 눈길 피해가며 훔쳐보지만
여전히 함부로 손 내밀지 못하는 망설임만 안았어요.

무작정 쫓아갔던 당신 실루엣은 저만치 멀어져 가고 있고
난 당신을 노래한 글을 한 줄도 채 읽지 못하고 책장을 덮어 버렸어요.

넘겨도 넘겨도 똑같은 페이지의 책, 기다림의 끝은 어디일까요.

안타까운 당신과의 인연, 지금 우리는 어디쯤 와 있을까요.

당신, 아시나요?

당신에게 가는 길 위에서 길을 잃습니다
얽히고설킨 길이 너무 많아 비틀거립니다
미처 전하지 못한 말들이
아쉬운 과장법 되어 바람에 흩날립니다
늦은 후회가 길을 막습니다

흔들리면서 방황하면서
마음에 금을 긋네요

어둠이 내리고 당신과 나 사이에 여전히 침묵이 흐르네요.
작업실 테이블 위에서는 파팟 튀기며 우유 거품 터지는 울림이 강하고
원두커피 흐르는 소리가 요란하게 들리네요.
어둠 속에서도 습관적으로 커피를 내리듯
오늘도 만날 수 없는 당신을 찾고 있어요.
겨울과 봄이 함께 하는 2월, 바깥에서는 하품하는
겨울바람의 소리도 들리네요.
2초마다 깜박이는 방 안의 램프는 나를 찾아온
손님을 알려주는 신호이기도 하고요.

원두커피 내리는 것보다 더 빨리 도착한 사랑을 안아야 하는지,
보내야 하는지 흔들리면서 방황하면서 마음에 금을 긋네요.
오늘도 난 내 사랑을 안아보지도 못하고 바보처럼
우두커니 바라만 보고 있어요.
당신 듣고 있는 거죠?

비가 후드득 쏟아집니다.
애써 생각하지 않으려 해도
떠오르는 당신.
오늘은 당신을 불러
내 가슴에 안습니다.

나 당신이
참 그립다고

한때는 내 것이라고만 생각했던,

세속의 욕망 덩어리를 무작정 붙잡으려고만 했던 날들이 있었죠.

그래서 아프고 힘든 날들이 많았고, 시간이 흐르고 보니 잡고 싶어 했던 것들이

나에게는 부질없는 욕망이라는 것을 알게 되었어요.

얻는 것이 있으면 반드시 잃은 것도 있다는 것을

이제는 진리처럼 깨닫게 되었으니까요.

오늘 따스한 햇살을 안으며 구릿빛 얼굴을 가진, 수십 년을 바다 속에서 보낸

후포리 어느 바닷가의 억척같은 해녀를 떠올리며

뒤엉킨 감정을 풀어보네요.

어쩌면 사랑의 정답도 살면서 찾지 못하는 영원한 숙제인지도 모르겠어요.

그 길디긴 방랑을 살기 위해 바다 속을 헤집는 해녀처럼,

목마른 내 사랑을 안기 위해 지금까지 몸부림을 쳤지만

다시 원점에 서 있어요.

매서운 강바람을 안으면서도, 늘 강을 바라보며

강을 사랑한 억새처럼 당신에게로 길들여지는,

참 좋은 향기를 지닌 당신의 여자이고 싶었는지 모르죠.

며칠 전에 찾아간 서해의 인적 드문 바닷가에서 해풍을 맞으면서도

구부러진 채로 자라가는 보랏빛 해국을 보면서

삶에 대해 참 많은 생각을 했어요. 사람을 무작정 기다리다

그 언젠가 사람의 발길이 닿으면

사람 냄새에 설레듯 춤추는 파도의 흰 물결처럼 자연도,

사람도 결국은 사랑이라는 섬 속에서 살아가며

울고 웃는다는 것을 느꼈어요.

사랑에 목마르면 자연도 사람도 말라 죽어간다는 것을,

지나간 사랑이 아무리 소중해도 현재의 사랑이 없다면

과거의 아름다운 사랑도 힘들어진다는 것을,

그럼에도 인생은 사랑의 휘둘림 속에서

살기도 하고 죽기도 한다는 것이에요.

진정한 사랑의 끝은 결국 몸, 그리고 영혼마저 편안히 쉴 수 있는 그런 날,

그런 곳이 사랑의 종착역이 아닐까 싶어요.

사랑을 잡기 위해 애써 뿌렸던 허위와 가식을

따뜻한 가을 햇살에 말리면서 마음 편히 쉴 수 있는

내 사랑의 종착역은 결국 당신이란 생각을 했어요.

오늘 바스러지게 큰 웃음 터뜨리며, 사랑하는 당신의 이름을 떠올리며

시리도록 푸른 가을 하늘에 대고 메시지를 띄워요.

당신, 잘 지내시냐고. 나 당신이 참 그립다고.

Post of thinking

오래도록 새벽안개 같은 당신에게 취한 나.
눈의 마주침, 마음의 겹침, 가슴의 떨림
그것이 내가 당신을 사랑하는 이유입니다.

온몸을 달군 상처 난 생각 하나
'툭' 건드리기도 전에 바람을 따라 뛰쳐나가네요.
그 뒤를 몸도 따라 나서네요.
한참 동안을 구두 뒷굽이 부러질 정도로
바람에게 길을 물으며 낯선 길을 헤매었어요.
떨어질 듯 말 듯 한 벼랑 끝 난간을 두 손도 모자라
온몸으로 꽉 잡으며 버티던 날들.
차라리 떨어져 버렸으면, 오늘은 나도 이제 지쳐 점점 미쳐가나 봐요.
안개처럼 뿌옇게 차오르다 사라진 희망은 무엇을 위해 수없이 피었다 지는지.
꽃이 되고 싶었는지, 안개가 되고 싶었는지,
끝없는 물음표로 허공에다 묻지만 대답은 돌아오지 않네요.
이 길의 끝은 어디일까요? 그리고 우리가 걷는 길의 끝은 어디일까요?
묻고 또 물으며 길을 걷고 또 걷지만 여전히 안개 속이네요.

라흐마니노프의 회색빛 선율을 귀에다 꽂고
당신을 생각하며 발이 부르트도록 걸었어요.

흔들리며 휘청거리며 사람들이 걷는 길을 따라 걷고 또 걸었어요.

대학 캠퍼스도 기닐었고

동네 꼬마 아이들이 놀고 있는 아파트 앞 공원도 걸었어요.

모두가 밤이면 그림자가 문신이 되어 몸을 숨기는데

난 헛헛한 마음으로 무언가를 찾아 다녔어요.

강변에 이르렀을 때 주변을 오가는 연인에게 동사를 붙이니

사랑의 파편이 튀고 형용사를 붙이니 파문이 일며

아름다운 물결이 달빛에 비치고 있었어요.

젊다는 것은 그 자체만으로도 빛이고 파티인 거죠.

내 발길이 멈춘 이곳은 흐릿한 이십 대의 한 장면을 옮겨놓은 것 같았어요.

햇사과를 한입 베어 문 듯 풋풋하고 상큼한 우리들

이십 대의 풍경과 같았으니까요.

캄캄한 동굴 속으로 들어온 것 같은 현재를 견뎌내야 하는데

다리에 힘이 풀려 걸을 수가 없어요.

물감으로 지우고 싶은 부분을 검게 칠하고 싶어요. 한 곳도 보이지 않게요.

기억하고 싶지 않은 날을 지우면 희망이 보일까요?

그렇게 하면 내게로 열리는 새로운 길이 보일 거라는 생각이 들어요.

바람도 나에게 지나온 아픈 길을 지우라 자꾸 말하는데

내 눈길이 내 발길이 향하는 곳은 바람이 지우라고 한 그 길이에요.

자꾸만 아픈 곳에 눈이 가는 이유는 왜일까요?

빨리 지나갔으면 좋겠어요.

나를 막아선 장벽들 안개 속 같은 희미한 그림자들이 사라졌으면 좋겠어요.

쌀알처럼 흘러내리는 강한 햇살을 빨리 보고 싶어요.

내일은 그런 날이 올까요?

영화 〈바람과 함께 사라지다〉에서 비비안 리가 어린 딸을 잃고
남편마저 자신을 떠난 절망의 순간에 눈물을 머금으며 내뱉은 명대사,
"내일은 또 내일의 태양이 뜬다(After all, tomorrow is another day!)"를 떠올리며
꿈속으로 떠납니다.

Post of thinking

사랑은 두 사람이 만들어놓은 하나의 길을 오가는 겁니다.
그러나 마음과 몸의 통로 사이에는 건널 수 없는 강도 있습니다.
열린 부분도 닫힌 부분도 함께 있는 것이 사랑이니까요.

그 이유를 말하라시면
당신은 내 인생의 처음이자 끝이니까요

한때는 당신을 만나는 것이 언제 툭 하고
끊어질지 모르는 다리를 건너가는 느낌이었어요.
한 발짝 다가서서 숨을 몰아쉬고
한 발짝 물러나며 가슴을 쓸어내려야 했던 시간이 많았죠.
늘 위태롭고 불안하고 흔들리기를 수백 번 지나왔지만 지금 여기,
당신 곁에 있어요.
당신 이름 세 글자 심장에 수를 놓았지만
당신 이름을 하트로 칠하다가 때로는 두 줄을 긋기도 했죠.
정말 많이 서운할 때면 마음의 빗장을 걸어 잠그며
다시는 만나지 않을 거라고 다짐하기도 했어요.
무엇이 이토록 당신을 사랑하게 되고 당신을 허락하게 되었는지 모르지만
죽도록 사랑하여도 한 번은 헤어져야 하는 순간이 온다는 사실이에요.
그 생각만을 하면 마음이 무겁고 두려워요.
깊은 밤 후두둑 떨어지는 빗소리처럼 우리에게도
이별이 예고 없이 찾아올까 무서워요.
이렇게 산만한 생각들이 밀려올 때면 욕심인지 모르겠지만

늘 그랬듯이 묵언기도를 하죠.

"어디서 어떻게 마침표를 찍던 함께 있게 해주세요." 하고.

몇 시간을 묵언기도를 하고 나면

누군가 찾아와 내 산만한 걱정들을 단정히 빗질해주는 느낌이에요.

"난 늘 너와 함께 할 거야." 대답하듯이

환하게 미소 짓는 당신 얼굴이 나타나니까요.

웃는 당신 얼굴 보면 고단했던 하루가 정리가 되니까요.

당신 웃음에 내 얼굴은 꽃이 피고 당신 울음에

내 얼굴은 꽃이 진다는 것을 아시나요.

우리, 서로의 마음을 다 읽을 때까지 두 손 꼭 잡고 같이 가기로 해요.

그곳이 꽃이 피는 5월의 정원이든 앙상한 나무의 12월의 숲이든 함께 해요.

그 이유를 말하라시면 당신은 내 인생의 처음이자 끝이니까요.

Post of thinking

가질 수 있는 것과 가져서는 안 되는 것의 경계에 서면
세차게 흔들리는 마음을 감출 수 없습니다.
언제쯤 흔들림 없는 맑은 마음을 간직할 날이 올까요?

사랑,
이토록 아픈 건가요?

갑자기 찰리 채플린이 우나 오닐에게 한 말이 생각이 났어요.
"세상에서 단 한 사람에게만 느낄 수 있는 것, 그것이 사랑이다"란 말.
'그립다'라고 쓴 당신의 장문의 편지 잘 받았어요.
편지를 앞에 두고 한참을 망설이다가 읽었어요.
하루 종일 깊은 우물을 들여다본 것처럼 타임머신을 타고
그때 그 순간으로 돌아가 당신의 깊은 마음을 읽어 내려가기 시작했어요.
백합 꽃다발이 앞에 있는 것처럼 현기증이 일고
숨이 막히도록 향기에 취했어요.
함께 걸어온 길은 보이는데 함께 걸어갈 길이 보이지 않아요.
지금까지 어디쯤 걸어왔을까요, 우리는.

아무리 당신의 마음을 해독하려고 해도 상형문자가 너무 많아
이해가 되지 않아요.
수십 장이 넘는 장문의 메시지가 하얗게만 보이는지
밑줄을 그어가며 사전을 찾아가며 해독하지만 읽어도 읽어도 그 페이지네요.
그냥, 당신의 손 글씨로 쓴 '그립다'에 마음을 내려놓을게요.

그 옛날 기다리란 말 한 마디 없이 떠난 당신을 오실 날짜 꼽아보며 기다렸죠.

떠나시며 하신 말씀을 되새기며 있으라 하신 그곳에 자주 갔죠.

기약 없는 기다림을 먹으며 살았죠. 하지만 당신은 오지 않았어요.

고장 나 더 이상 펼쳐지지 않는 당신과 함께 쓴 우산을

여전히 버리지 못하고 있는 것처럼

내 심장에 흐드러지게 번진 핑크빛 물결을 물 쏟아내듯 버리려고 했죠.

아니, 이별의 저 건너편 정거장으로 보내버리려 했죠.

보내버리면 잊힐 줄 알았으니까요. 그러면 되는 줄 알았죠.

다른 누군가가 가져갈 줄 알았죠.

핑크빛으로 물든 심장의 물무늬도 시간의 흐름으로 옅어지거나

다른 그 무엇으로 검게 채색될 줄 알았죠.

눈을 뜨나 눈을 감으나 덕지덕지 사방에 퍼져 있는 당신과의 추억.

당신의 웃음, 당신의 눈동자, 당신의 목소리

그리고 당신의 체취도 떠날 줄 알았죠.

하지만 시간이 많이 흘렀는데 당신은 그 모습 그대로

내 안에 머물러 있었어요.

뒤엉킨 실타래처럼 꽁꽁 내 전부를 묶어버린 당신.

당신에게 감전된 사랑이 이토록 깊은 줄 몰랐어요.

사랑하지 않는 척, 보고 싶지 않은 척하며 커피를 끓이고

태연한 척하며 밥을 먹었는데

찬 기운에 딱딱해져버린 무화과 잎처럼 입술을 굳게 다문 채

울음을 참아도 어깨를 들썩이며 울고 있는 나를 어쩔 수가 없어요.

아무리 그리워도 인연은 아니라며 애써 외면했죠.

하지만 사랑이 지나간 자리, 붉게 데인 자국이 문신처럼 남아 있어요.

입으로 말하지 않아도 그리움은 내 발밑으로 줄줄 흘러내리고 있어요.

발밑으로 줄줄 새는 그리움을 따라 밤새도록 걸어도 보았죠.

당신이 내 안에 들어와 전신을 헤집고 다녔나 봐요.

세월이 흐를수록 그리움의 무게는 늘어만 가네요.

당신과 나 사이를 가로막은 이 강, 어찌 건너야 할지.

내가 바라보는 방향과 당신의 발길이 가고 있는 방향이 같은 줄로만 알았는데

가끔은 그게 아니라는 생각이 드네요.

나도 한 방향만 바라보다가 늙어버리지나 않을까

그게 두렵다는 것, 당신 아세요?

오늘 해 지는 하늘에 내 보고픔을 걸어 두었어요.

이젠 그 사랑이 맹목적인 사랑이 될까 그게 무섭다는 것.

아마도 난 당신의 몸, 영혼, 그리고 당신의 향기까지 사랑했나 봐요.

미치고 싶도록 사랑하고 싶었나 봐요.

딱 한 번만이라도 완전한 나의 것으로 만들고 싶었나 봐요.

왜 당신을 향한 내 사랑은 여전히 현재 진행형인지

당신, 그 이유를 아시나요?

Post of thinking

'당신'이 아니면 안 된다는 생각
'여기'여야만 된다는 생각
그래서 '당신, 여기'라는 선택이
치명적인 아픔과 지독한 배고픔을 낳았습니다.
그럼에도 '당신, 여기'를 고집하는 모순의 삶을 살고 있습니다.

보이는 저곳이 당신과 나의
종착역이었으면 얼마나 좋을까요?

유독 당신에게만 서툴고 부끄러웠어요.
떨려오는 심장의 박동소리를 숨길 수가 없어요.
오늘 또 이렇게 혼자가 되었어요.
각질 같은 외로움의 상처를 벗겨내니
혈관 속을 파고드는 지독한 그리움이 나를 괴롭히네요.
휘어져 내리던 강물 그 어디에도 당신의 흔적은 보이지 않네요.
오늘따라 내게로 와 오래도록 머물지 못하는 당신이 참 야속하네요.
뒤돌아 가면서 기다리라는 짧은 메시지만을 남기고 당신은 사라졌으니까요.
기다리라는 당신의 마지막 메시지는 천상의 약속이 되는 건 아닌지 두려워요.
함께한 추억은 고장 난 시계처럼 느리게 작동하다 그만 멈춰버렸고요.
한없이 이어질 줄만 알았던 애틋한 그 길 위엔
아픈 그리움만이 이정표처럼 서 있어요.
당신이 그리운 이 순간 영국의
엘리자베스 브라우닝의 시 한 구절이 생각이 났어요.

"If thou must love me, let it be for nought Except for love's sake only.
당신이 나를 사랑해야 한다면 다른 아무것도 아닌
오직 사랑만을 위해 사랑해주세요."

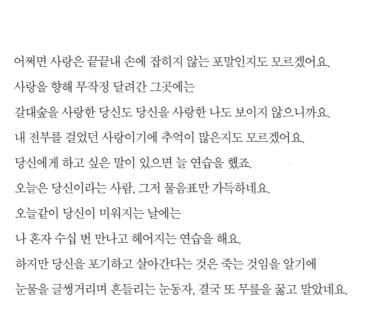

어쩌면 사랑은 끝끝내 손에 잡히지 않는 포말인지도 모르겠어요.

사랑을 향해 무작정 달려간 그곳에는

갈대숲을 사랑한 당신도 당신을 사랑한 나도 보이지 않으니까요.

내 전부를 걸었던 사랑이기에 추억이 많은지도 모르겠어요.

당신에게 하고 싶은 말이 있으면 늘 연습을 했죠.

오늘은 당신이라는 사람, 그저 물음표만 가득하네요.

오늘같이 당신이 미워지는 날에는

나 혼자 수십 번 만나고 헤어지는 연습을 해요.

하지만 당신을 포기하고 살아간다는 것은 죽는 것임을 알기에

눈물을 글썽거리며 흔들리는 눈동자, 결국 또 무릎을 꿇고 말았네요.

모든 것은 보이지 않게 변하는 것이 있는가 하면

보이듯이 변하는 것도 있잖아요.

아마도 사랑은 보이지 않게 변하는 그 무엇이고

육체는 보이듯이 변하는 그 무엇이겠지요.

시시각각 진화하는 생각들을 누구에게 그대로 전할 수 있을까요?

세월에도 주름이 흘러내리듯이 기다림도 나이가 드나 봐요.

오늘은 기다림의 주름이 어제보다 더 많이 흘러내려요.

누군가를 그 무엇을 기다린다는 것은 삶의 현실이고 살아 있다는 증거겠지요.

저녁은 아침을 기다리고 아침은 밤을 기다리듯 그게 인생인가 봐요.

살면서 사랑하는 법, 세상에 길들여지면서

살아가는 법을 배우는 것이 인생이겠지요.

오늘도 이렇게 낯선 곳에서 아픈 방랑을 하며 알게 모르게 성숙해가네요.

비 오는 삼청동 수제비 집에서의 우연처럼 여기 화진포 해변을 거닐며

당신을 기다려요.

괭이갈매기 한 쌍이 낮게 웅얼대며 내 주변을 서성거리고 있어요.

흔들리며 쓰러지는 강가 억새풀의 떨리는 흐느낌이

스르렁거리는 당신의 울음소리 같아요.

당신 생각하며 혼자서 이 바닷가를 걷는 것도 나쁘지 않네요.

해풍의 벼랑 끝에 우뚝 선 소나무처럼

바다를 지키는 붉은 옷을 갈아입은 등대,

그 모두가 오늘은 내 마음처럼 고독이 가득하네요.

푸른 바다를 가르는 하얀 선은 도대체 어디로 가는 걸까요.

어디로 가려고 저렇게 머뭇거리며 흔적을 남기는 걸까요.

밤이 깊으니 시퍼렇게 피멍이 번지듯 바다색이 또 짙어졌어요.

바다가 울부짖는 듯해요. 보헤미안이 토해놓은

설움이 하나가 되어 소리치는 듯해요.

바다도 슬픈가 봐요. 검푸른 바다에 보석처럼 뿌려놓은 별빛이 아름다워요.

아마도 새벽이 오면 일출을 보러 바다 냄새를 맡으려

또 밀물처럼 사람이 몰려들 것 같아요.

내가 찾는 당신이 그 안에 있으면 좋겠어요.

그래서 내 상처를 치유하고 싶어요. 내일은 희망의 날이었으면 좋겠어요.

가장 위로받고 싶은 당신 어깨에 기대어 쉬고 싶으니까요.

가냘픈 해국이 바닷바람에 이파리를 흔들고 있네요.

알 수 없는 그림을 그리며 해풍이 지나가고 있어요.

아무도 오간 적 없는 당신과 나 사이의 강물

누군가가 징검다리를 놓아주고 가네요.

보이는 저곳이 당신과 나의 종착역이었으면 얼마나 좋을까요?

Post of thinking

지나온 삶이 후회스럽지 않은 사람이 몇이나 될까요?
무언가를 향해 몸살을 앓는 이 간절함.
그것으로 살아있음을 느낄 때가 있습니다.
나는.

한 사람을 사랑했습니다

Think Word

밀어내고 또 밀어내도
자꾸만 더 가까이 다가오는 사람이 있습니다

그 사람을 생각하면
숨을 쉴 수가 없을 만큼 가슴이 아픕니다
목에 가시가 걸린 것처럼 목이 멥니다

마음은 잊어라 하는데
손은 여전히 그 사람을 잡고 있습니다
죽도록 사랑하면서도
사랑한다는 말을 제대로 하지 못하는
그 사람이 미치도록 보고 싶습니다

보고 싶다는 말을
숨 쉬듯 숨 넘기듯
또다시 꿀꺽 삼켜버리고 맙니다
함께 있으면 행복해지는 사람인데
그 사람 마음속에도
내가 있었으면 하는 마음으로 하루를 살아갑니다

그저 그 사람에게도 나라는 존재가
단 한 사람의 사랑하는 사람이기를 바라는 마음뿐입니다
오래오래
그 사람의 사랑하는 여자로 남기를 바라는 마음입니다

어찌 나보다 더 그리웠겠습니까

+

Think Word

어젯밤 내내
가시나무새 되어 울었더니
이.제.서.야. 오.셨.군.요
어려운 발길, 고마워요

행여 그대 오실까
앉지도 서지도 못했던 나
그대 고운 발길에
애드벌룬처럼 부풀어 오르는 내 맘
그대는 아실런지요

속눈썹 끝에 매달린 기다림의 눈물들
이제야 떨어집니다
어찌 나보다 더 그리웠겠습니까

당신 때문에 난 늘 아픕니다

Think Word

당신 때문에 난 늘 아픕니다
당신을 만나서 아프고
당신을 못 만나서 아프고
당신의 소식이 궁금해서 또 아프고
당신이 아프지나 않을까 두려워서 아프고
당신을 영 만나지 못할까 무서워 또 아픕니다
당신 때문에 하루도 안 아픈 날이 없습니다
이래저래 늘 당신 생각
난 오늘도 당신 생각을 하며
하루를 살았습니다
아픈 하루를 살았습니다

사랑할수록
모순에 빠지게 된다는 것이에요

영화 〈러브 액츄얼리〉를 보며 Dido가 부른
'Here with me'를 수십 번 들었어요.
메이크업으로 감춰진 지독한 허영덩어리가 불쑥 얼굴을 내미네요.
불륜 섞인 허영을 도려내도 구석에 들러붙은
원초적 욕망이 사방을 기웃거리네요.
전신을 물로 닦아내도 내 그림자 뒤를 따라 다니네요.
영화를 보고 월간지에 보낼 원고 정리하고 나니 새벽 2시가 되었어요.
세탁실에 걸려있는 희디흰 속옷을 정리하다
거울 속에 비친 창백한 여인이 나를 보고 웃네요.
날갯짓하는 욕망의 메타포 향연,
마음은 마흔을 지났는데 몸은 여전히 서른 즈음인 듯 격렬하네요.
내가 원하는 사랑의 방식을 지키며 산다는 것은 쉬운 일이 아닐 거 같아요.
사랑의 정의를 생각하는 사이 부르튼 눈동자는 이미 창밖을 향하고 있어요.
중심 잡지 못한 몸은 기다림의 노예가 되어 마음은
여전히 퇴근을 하지 못한 채
한밤중 길고양이가 되어 새벽길을 방황하고 있어요.

내 영혼의 사하라, 푹푹 찌는 한여름에도 추위를 느껴요.

사랑을 찾다가 해법마저 불투명한 사랑에 흔들리고

고단함에 비틀거리다 찬마루 바닥에 주저앉아 버렸어요.

이제는 앞으로의 삶이 느껴질 나이,

고단한 마음이 육체를 이끌고 침대로 드러눕네요.

생각할수록 발목 깊이 쌓이는 고독의 병.

겉만 진지한 내 삶은 무엇이 고달픈지 사막의 모래폭풍처럼 사나워지네요.

누군가에게 물어도 감히 대답을 들을 수는 없지만

이 순간 '사랑하기 때문에 결혼하지만

또 사랑하기 때문에 죽이고 사랑하기 때문에 자살한다'는

살로메와 잔느 그리고 베르테르의 얼굴이 떠올랐어요.

아마도 사랑은 자체가 기쁨이기도 하지만 사랑하는 순간부터 고통이니까요.

사랑이라 함은 육체적 사랑과 정신적 사랑이 하나가 될 때

사랑이라 단정 지을 수가 있죠.

육체적인 행위만으로는 사랑이라 할 수 없고

오로지 기본 욕구를 충족시키는 운동이 아닐까요?

내가 간절히 바라는 사랑은 육체적 에로티즘과

정신적 에로티즘이 함께 하는 것이에요.

내 영혼을 흔들어 놓는 사람, 그래서 그에게 다가가고 싶은 마음,

육체가 가진 폐쇄성을 허물고 서로의 영혼 속으로 들어가

'나'와 '너'라는 경계를 허물고

'우리'라는 동시명사를 찾는 것, 그것이 모두가 원하는 사랑이겠죠.

사랑이라는 것은 나를 웃게도 울게도 하고 때로는 고통스럽게도 하지만

힘들고 지친 일상을 살아가는 데 가장 빠르고 강력한 힘을 발휘하죠.

내가 숨 쉬는 데 공기가 필요한 것처럼

사랑이 가없으면 단 한 시간도 살 수가 없어요.

사랑을 무엇이냐고 묻는다면

사랑이 곧 삶이지만 사랑할수록 모순에 빠지게 된다는 것이에요.

Post of thinking

당신이 정말 사랑하는 사람이 있다면
그를 놓아주십시오.
그래도 그 사람이 당신에게 돌아온다면
그 사람은 영원히 당신의 사람이 될 것이고,
만약 돌아오지 않는다면
그는 처음부터 당신의 사람이 아니었습니다.

영화 <은밀한 유혹> 중에서

다시 기다림의 옷을 갈아입어요

잠이 오질 않는 새벽이에요.

바람에 떠도는 당신을 나 혼자서 망설이다 안아보네요.

참 멀리도 왔어요.

벗고 또 벗어도 여전히 더 벗을 게 있는 내 몸, 내 영혼.

문득 눈을 떠보니 낯익은 향기, 편안한 공간이었어요.

천천히 보이는 당신의 얼굴, 잊히지 않아요.

여전히 헤매는 길 잃은 내 사랑의 아픔.

당신, 보이시나요.

내가 당신에게로 가고 사랑의 환승역을 지나가고 있다는 것을,

당신에게로 가는 나를 느끼시나요?

눈물 안은 사랑의 내력을 느끼시나요?

겨울 추위 견디고 다시 봄, 꽃비 타고 흘러내리듯

편히 그대가 전하는 미풍 같은 평화를, 뇌세포 속에 담았어요.

뜨거웠던 마음, 행복했던 순간.

그때의 그 순간들이 나에게 기다림의 옷을 또 갈아입히네요.

길이 끝나는 곳에 또 다른 길이 시작되듯이

사랑이 끝나는 곳에 또 다른 사랑은 이미 시작되고 있다는 것을

난 느끼는데….

당신은 어떤가요?

해 지는 저녁,
그리움이 일어납니다.
그리움이 걸어갑니다.
사랑이 머무는 곳으로 달려갑니다.

어두워지기 전에 불을 켜두어야 한다는

당신의 말이 떠오를 때마다 멍한 우두커니가 되죠.

이 순간 마음을 따라 솟아나는 당신을 향하는

붉은 문자들이 바람을 타고 날아가네요.

때로는 가시에 찔리기도, 꽃가루에 안겨 잠들기도 하지만 그래도 괜찮아요.

영화 속의 주인공 '헨리'처럼 시간 여행자가 되는 기회가 주어진다면

타임머신을 타고 과거 속으로 들어가 이십 대의 당신을 만나고 싶어요.

당신의 눈빛에서 욕망을 느끼고

당신의 손끝에서 사랑을 갈구하는 사랑하고 사랑받는 여인이고 싶어요.

당신에게 갈 수 없는 이 밤,

알파벳으로 하늘에 걸린 당신 이름 몰래 훔쳐 침실로 가져오네요.

차갑게 밀려드는 고독 위로 방 하나 눕네요.

당신과 나의 비밀 애, 비밀 통로, 비밀 열쇠가 채워진 곳이에요.

이 순간 나는 햇빛에 몸을 데우는,

하늘의 경계를 넘나들며 피어나는 해바라기가 되죠.

고개 숙여 자세히 들여다보는 시선 때문에 많이 부끄럽죠.

한순간 찾아든 고압전류 때문에 혼절하는 나,

출렁이며 춤추는 불꽃 따라 노란 해바라기 잎새 귀에 달고 웃고 있는 당신.

오랫동안 꼬리를 감추고 숨어있던 미소가 소리 없이 흘러내려요.

밤새도록 그림자 껴안고 열림과 닫힘의 문을 넘나들며 춤을 추네요.

여명의 종소리가 들릴 즈음 보이는 세상에는 하얗게 눈꽃이 피어나죠.

당신에게 물드네요.

샐비어 꽃물 되어 붉게 물드네요.

사람이여, 사람이여.

또 이렇게 흔들리고 쓰러지네요.

혼절하는 나는 사랑의 노예가 되네요.

Post of thinking

당신과 나는 날개가 하나밖에 없는 천사입니다.
우리가 날기 위해서는 서로를 안아야 합니다.
영화 <리시아 노 크레센조> 중에서

나를 취하게 만드는
당신에게로 가야 해요

그리운 것은 멀리 있는 것 같아요.

당신도 하늘에 떠 있는 반짝이는 별도, 달도 멀리 있어요.

내가 좋아하는 것들은 모두 멀리서 혼자 반짝이고 환히 비추면서 빛을 내죠.

그리움을 '별'에 걸어놓은 그곳으로 가고 싶어요.

매달린 그리움이 젖어 흐르는 것 같아 가야 할 것 같아요.

마음을 부수어 왼쪽 날개를 만들래요.

소중한 추억 하나 잘라내어 오른쪽 날개를 만들래요.

남쪽으로 화려한 날갯짓하며 날아가고 싶어요.

나를 묶어둔 당신,

하얗게 미소 지으며 나를 취하게 만드는 당신에게로 가야 해요.

새벽 2시에 생각나는 사람

자동차의 굉음이 어둠을 가르는 새벽 2시가 되었어요.
어김없이 당신이 생각나네요.
그리움을 뒤적이다가 부치지 못한 오래된 편지가 보였습니다.
그동안 새까맣게 잊힌 이름,
어슴푸레한 얼굴이 기억의 줄기 속을 빠져나와
온전한 형체로 내 앞에 섭니다.
편지 속의 주인공이었던 당신을 생각하며 써내려간 글은
군데군데 눈물로 절여진 글자를 읽을 수 없지만
마음으로 해독할 수는 있지요.
시간을 건너와 함께 머물렀던 공간 속에서의 당신을 봅니다.
촉촉하게 물기 머금은 눈가엔 늘 웃음이 번져 있었고
마주 잡은 손에 늘 손난로 같은 온기가 있었죠.
그토록 나를 아프게 했던 당신이라는 사람, 어디로 간 걸까요?
이토록 당신을 사랑했던 나는 여기서 무얼 하고 있는 걸까요?
미치도록 사랑했던 두 사람 이제 우리는 누구인가요?
편지 속의 주인공이 내가 버린 그대인지
그대가 버린 나인지 기억이 안 납니다.
사랑할 때에는 세상이 온통 꽃밭으로 붉게 물들었는데,
그래서 머무는 곳마다 행복이 꽃처럼 피어났는데,
이별하고 나니 온통 미련과 후회 그리고 아쉬움뿐입니다.
욕망을 꺾어 미련 없이 내려놓으며 무수히 충돌했던 사랑,
이제야 떠나보냅니다.
시간 앞에 서면 한없이 겸손해집니다. 떠나는 것과 남는 자의 애틋한 해후
이 새벽 참았던 눈물이 한꺼번에 쏟아집니다. 그리고 이제야 깨닫습니다.
세상에서 가장 어려운 일은 사랑을 얻는 것이고,
세상에서 가장 힘든 일은 사랑을 지키는 것이고,
세상에서 가장 고통스러운 일은 사랑이 식는 거라는 사실을 말입니다.

길은 말합니다.
지나온 모든 길을 잊으라고.
바람이 된 길이든 별이 떨어진 길이든
그래야 새로운 길을 볼 수 있다고.

모든 것의 처음과 끝인
당신이 내게로 옵니다
천천히 오고 있습니다
핑크빛 꽃잎을 물고
주홍의 사랑을 전하러
내게로 오고 있습니다

PART 6

4월, 당신이 내게로 왔다

사랑이 오고 있다

비가 내린다
습기 가득한 창문에
너의 이름을 쓴다
사랑하는 너의 이름 세 글자
그 옆에다가 '사랑해'라고 굵게 쓰고 말았다
지나가는 키 큰 사람이
다 너로 보인다

너무도 길게 느껴지는 기다리는 시간,
그것은 깨달음의 시간이기도 하다.
기다림의 저 앞에
기다림을 받아들이는 현실이 있다는 것을 깨닫기 위해
사람은 기다림의 시간에 몸을 담근다.

에쿠니 가오리 <냉정과 열정 사이>

오늘도 살아갈 이유를
만들어준 당신, 고마워요

허공을 날다가 무언가 생각난 듯 멈춘 새처럼
느닷없이 떠오른 당신 때문에 참 많이 힘든 날이에요.
함께한 순간이 실시간 동영상이 되어 내 앞을 지나가네요.
하늘이 허락한 시간에 따라 당신과 나란히 열고 닫았던 바닷가,
언제 달려가고 늘 그 모습으로 우리를 껴안아 주던 편백나무 숲,
원초적 본능을 자극했던 비릿한 바다 내음이 가득한 한강 산책로,
'툭' 건넨 말이 시(詩)가 되도록 길을 열어준 남산 소월 길,
모두 아름답고 행복했으니까요.

당신 가슴에 무수히 피었다가 지는 수줍은 모란꽃을 기억하시는지요?
언제쯤이면 나도 말할 수 있을까요?
당신이라는 캔버스에 붉은 물감이 되어 쉽게 물들까봐
조심했던 날들이 더 많았어요.
숨 막힐 정도로 좋았던 그래서 내 생애 가장 행복했던 따뜻한 봄날은
당신과 함께했던 그 순간이었다는 것을,
얼어붙은 내 심장을 녹여 사랑의 꽃씨를 뿌린 사람이 당신이라는 것을

그리고 그 꽃을 피울 주인도 당신이라는 것을

이제야 고백하네요.

그리고 진실로 당신에게 묻고 싶어요. 당신에게 나는 무엇이었냐고.

바람이 밀어 올린 습기가 창틈을 타고 흘러내리는 새벽이에요.

빼곡히 들어선 추억의 시간을 되돌려 보니

등 뒤로 아프지만 화려했던 청춘이 하품을 하네요.

당신을 사랑하던 그 옛날 오래도록 눈물을 흘린 탓인지

이제는 눈물도 나오지 않네요.

그저 소리 없이 속으로만 우네요.

물이 말라 뱃살을 드러낸 호수 옆에 겨우 버티고 있는

물푸레 나뭇잎의 모습이 내 모습이에요.

오늘은 하늘도 내 마음을 읽은 듯해요.

잔뜩 찌푸린 하늘에서 굵은 눈물방울이 쏟아져요.

많이 보고 싶다고 내 간절한 눈물을 묶어 편지로 보내면 당신,

다시 받아주실 건가요?

수취인 부재로 다시 돌려보내실 건가요?

당신도 지금 나만큼 힘든가요?

그게 궁금하네요.

오래전의 얘기지만 당신이 누구인지 알기 전에

이미 당신은 내 안에 들어와 버렸고 그런 당신을 사랑했을 뿐인데

당신을 제대로 알고 보니 사랑할 수 없는 사람이라 했어요.

사랑하지 말아야 할 사랑의 윤리 때문에 금을 긋기 시작하고

눈을 감다가 결국 그냥 당신을 바라만 보기로 했죠.
바라만 보는 것은 죄가 되지 않을 거라 생각했으니까요.
사람을 선택하는 데 있어 '되고 안 되고'의 법칙이
나에게는 냉혹하게 적용이 된다는 것이 슬펐죠.
오래도록 당신 그림자로 살며 여기까지 오는 동안
얼마나 슬픈 물길과 얼마나 많은
가시밭길을 건너왔는지 당신은 아시나요?
그것이 나를 힘들게 하네요.

여전히 내가 사는 고요한 나라에는 슬픈 기다림이 눈이 되어 내리네요.
냇물은 강물과 만나고 강물은 다시 바다의 품에 안기는 것처럼,
오늘은 내가 아닌 스무 살의 겁 없는 그녀가 되어
당신 품속으로 달려가 안기고 싶어요.
하늘과 땅이 마주 보며 해와 달이 하나가 되는 그날처럼
당신과 나의 사랑도 그랬으면 참 좋을 텐데요.
오늘 만큼은.
지금 당신을 떠올리는 순간
머릿속을 수없이 오가는 아름다운 영상들이 밖으로 튀어 나오네요.
당신이 남긴 지문은 생명이 다하는 날까지
붉은 문신으로 심장에 남아 있을 거예요.
그 누구도 볼 수 없고 그 누구도 훔쳐갈 수 없도록
심장 구석에 숨겨 두었으니까요.
당신을 생각하며 이리저리 뒤척이다 잠이 들지만
당신에게는 이 아픔을 보여주고 싶지 않아요.

당신을 사랑하면서 사랑하는 법을 배웠지만
이별하는 방법은 배우고 싶지 않으니까요.
어제도 오늘도 그리고 내 심장이 딱딱해지는
그 순간이 오더라고 그렇게 하고 싶어요.
오감을 휘감는 짙은 안개가 세상을 가리는 새벽,
어김없이 당신이라는 바다 속으로 뛰어드네요.
비린내 나는 푸른 바다를 그리워하는 고래가 되어.
당신 품에 안겨, 당신 호흡소리에 기대어 잠들고 싶어요.
오늘도 나에게 살아갈 이유를 만들어준 당신, 참 고마워요.

그곳은 한 번 들어가면 나올 수가 없습니다.
그러니까 사랑이라는 날개를 가진 사람만 들어갈 수 있습니다.
그 속에 두 사람이 갇혀 있습니다.
당신 그리고 나.

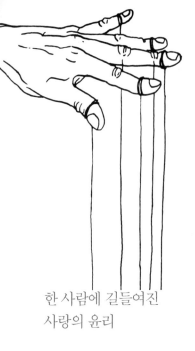

한 사람에 길들여진
사랑의 윤리

내 사랑의 원칙은 아무 곳에나 아무에게나 흘리지 않는 것이었어요.

한 사람에 길들여져, 철저한 은둔 속의 고독, 그래서 더 아픈지도 모르고요.

때로는 사서삼경을 공부하듯 성경책을 펼쳐 읽었고

바람에 스민 새털 같은 욕망도 털어 내기 위해 마음을 헹구어 햇빛에 말렸죠.

활짝 웃고 있는 감춰진 윤리를 드러내어

어긋난 무늬의 윤리를 고치고 또 고쳤어요.

후회를 하며 기도하지 않기 위해서죠. 뉘우치며 기도하지 않기 위해서죠.

아프지 않기 위해서죠. 나도, 그 누구도 아프지 않기 위해서였어요.

어느 날 그 누군가를 우연히 만나도 웃고 싶어서죠.

해와 달의 인연도 사랑이라 하는데 칼끝에 베인 듯 가슴이 아리네요.

오래도록 연애하고 싶었고 너무 사랑하고 존경해서

결혼하고 싶었던 나의 유일한 神이었어요.

달빛 아래 누가 물어다 놓은 그리움이 한 켜씩

눈물이 또 한 켜씩 덮이기 시작하네요.

그리움이 으깨어지는 소리가 들려요.

창자를 휘돌아 치는 저 소리를 어찌할까요?

그리움이 깊어서인 걸, 사랑이 깊어서인 걸,

기다리다가 눈으로 셀 수도 자로 잴 수도 없을 만큼 쌓이면

그때는 어찌하나요?

그리움과 기다림의 랑데부, 결국 눈이 되어 쌓이네요.

눈은 무릎을, 허리를, 전신을 덮네요.

한겨울의 눈보다 더 많은 눈이 나를 감싸 안네요.

그 안에 내가 갇혔어요. 사랑이라는 이름 아래 내가 묻혔어요.

어찌할까요? 아! 그래도 행복하네요.

Post of thinking

해 뜰 무렵의 화진포 바닷가를 걷습니다.
떠오르는 것이 이토록 아름다울 줄은 몰랐습니다.
이 정도의 설렘, 따뜻함, 기다림의 속도로 흘러갔으면 좋겠습니다.
사랑이라는 감정도.

그대에게 띄우는 편지

Think Word

소리 내어 울고 싶은데
그것도 맘대로 할 수가 없습니다
숨어들 곳 한 군데 있다면
지금이라도 당장 뛰어가고 싶은데
알 수 없는 매달림 때문에
하염없이 서글퍼지기만 합니다

사방을 둘러보면 그 어딘가에는
내 눈물을 닦아주고 내 슬픔 감싸 줄 이 있겠지만
정작 나를 이해한다며 등이라도 두들겨 주며
날 위로해 주는 사람이 있으면 좋겠습니다
내가 사랑하는 당신이 나를 사랑하는 당신이
당신이 그런 사람이었으면 좋겠습니다

순간적인 홧김에
그 어딘가 찾아가면 반겨 줄 이 있겠지만
끝까지 내 편이 되어 바람막이로
든든하게 지켜 줄 사람이 있으면 좋겠습니다
내가 사랑하는 당신이 나를 사랑하는 당신이
당신이 그런 사람이었으면 좋겠습니다

이런 축축한 기분일 때
소리 질러도 미안하지 않고
달려가 안겨도 부담스럽지 않고
설사 기절을 해도 뒷일이 걱정되지 않는
그런 사람이 있으면 좋겠습니다
내가 사랑하는 당신이 나를 사랑하는 당신이
당신이 그런 사람이었으면 좋겠습니다

사랑했다, 사랑한다

Think Word

사랑도 아팠지만 이별은 더 아팠다
떠나가는 네 뒷모습은
바람에 떨어지는 붉은 가을 나뭇잎의 실루엣처럼
나를 슬프고 아프게 하였다

그 어떤 사랑이든 사랑은 아름답고 고귀한 것인데
떠난 사랑의 얼룩은 오래 남고 상처는 왜 이리 깊은 것인지
그 얼마의 시간이 흘러야 널 잊고 지울 것인지
눈물 속에 아른거리는 회색빛 너의 실루엣
오래 지워지지 않을 것 같아
정녕 가야 한다면
가는 것이 너를 편안하게 한다면
웃으며 보내줄게
사랑하니까 보내야 하는 거겠지
그리움의 이파리 가지마다 파릇하게 피어오르더라도
내 가슴에 하나둘 묻으면 되지

이제는 꽃비 내리듯
흘러내리는 낙엽처럼
너라는 단단한 줄기에서 떨어져 나갈게
바람에 떨어지는 낙엽이 될게
그래도 네가 미칠 만큼 그리우면
붉게 물든 나뭇잎에 흘림체로 〈보고 싶다 〉라고 써서
바람에게 안부를 물을게

사랑했다, 그리고 사랑한다
나를 기쁘게 해준 너를 사랑했고
너를 잠시 행복하게 해준 나를 사랑했다
내 사랑아 부디 울지 말고 편히 떠나가길
너와 나의 추억의 이력, 이젠 내 가슴에 묻을게

잎 하나가 수천 개의
잎을 이끌고 벽을 넘듯이

인연의 숲에도 수많은 테마가 흐르는 것 같아요.
화려하고 칙칙하고 어둡고 밝은 것들이 어울림으로 조화를 이룰 때
'아름답다'는 감탄사가 나오잖아요.
사랑의 여정에도 수많은 블랙홀이 가로막고 있죠.
바람을 이긴 나무가 땅속 깊이 뿌리를 내리듯
시련은 사랑을 깊고 크게 성장시키니까요.
수많은 시련의 이정표를 하나씩 걷어내고 지나가야
사랑하기 때문에 찾아오는 기쁨을 만나니까요.
노력해서 얻게 되는 희열은 말로 표현할 수 없으니까요.
누구는 그것을 사랑의 기적이라고 표현하기도 하잖아요.
수천 개의 슬픔 조각은 사랑하는 사람이라면
마땅히 치러야만 하는 것들이니까요.
위기의 순간을 어떻게 극복하느냐에 따라 대가는 달라지니까요.
포기하거나 회피하려고 한다면 이별은 찾아올 것이고
온전히 이겨낸다면 지금은 울지라도 곧 웃게 되니까요.
자연을 돌아보면 4월에 피는 꽃이 있고 12월에 피는 꽃이 있듯

누구나 한 번은 아름답고 화려하게 사랑의 꽃을 피울 기회가 있죠.

그러나 누구나 꽃을 피우지는 않죠.

선택과 의지 그리고 희생과 배려를 해야 아름다운 사랑의 꽃을 피우게 되죠.

잎 하나가 수천 개의 잎을 이끌고 넘지 못할 것 같은 벽을 넘는 담쟁이처럼

우리 사랑도 부딪쳐야 할 수많은 난관을 포기하지 말고

넘어야 선명한 무언가를 얻게 되겠죠.

세상에서 가장 아름다운 꽃을 피우게 되죠.

사랑은 에덴동산의 사과처럼 나무에서 자라나지 않아요.
사랑이란 직접 만들어 내야 하며
다른 모든 것처럼 상상을 동원해서 만들어야 해요.
사랑은 손이 많이 가는 일이죠.

조이스 케리

그렇게 사랑이
사랑을 앓고 있어요

버스가 윤중로를 지나자

5월 어느 날 화려하게 피었다가 사라진 벚꽃향이 이제야 느껴지네요.

꽃이 지며 내어준 향기가 바람을 타고 내 안까지 파고드네요.

광화문 역사박물관 앞에 버스가 멈추자,

생선 굽는 냄새가 피맛골을 돌고 돌아 코끝에 와 닿았어요.

방금 시작된 이름 모를 파열음도 들리네요.

눈, 코, 입, 귀는 보이지 않고 동그란 얼굴이 나타나고 있어요.

몸으로 안을까, 영혼으로 안을까, 아니면 저절로 흩어져

그 어딘가로 날아가 버리게 그대로 둘까, 한참을 바라보며 망설이다가

몸이든 영혼이든 바람이 시키는 대로 하기로 했어요.

검은 구름이 쓸려가며 세상을 진회색 컬러의 숲으로 물들이고 있어요.

원을 만들었다가 지웠다가 하며 흩어지는 고독이 사방에서 나를 끌어안네요.

하늘에 걸린 알파벳으로 나타난 이름을 몰래 훔쳐 침실로 가져왔어요.

이 밤 차갑게 밀려드는 고독 위로 방 하나 눕네요.

당신과 나의 비밀愛, 비밀 통로, 비밀 열쇠가 채워진 곳이에요.

햇빛이 내 몸을 데워 해를 기다리는 꽃처럼

그 바람에 몸을 기울고 그 손길에 채색되는

한쪽으로만 기울어지는 중심 잡지 못하는 꽃이에요.

당신 눈빛, 당신 손길에 갇혀 울고 웃는 꽃이 되었어요.

곧 오시겠지요, 당신.

언젠가 심장에다 점 하나 찍었을 뿐인데 그것이 선이 되고 글자가 되었어요.

결국 당신 이름이 새겨진 문패를 내 안에 달았어요.

당신은 바람을 타고 내 안에 들어와 심장에 붉은 지문을 찍었어요.

나는 그 지문 위에 내 두 뺨을 대고 속삭였어요.

그 무엇이 꿈틀거리면서 부풀어 올라 터지기 직전이에요.

감추고 감춰도 치솟는 그리운 얼굴, 당신이었어요.

나를 불렀나요? 당신? 아니면 내가 당신을 불렀나요?

당신, 바람으로 오셨나요? 아니면 비가 되어 오셨나요?

강물 속으로 또 다른 강물이 흐르듯이

그리움 속으로 또 그리움이 흘러내려요.

확인할 수 없는 내 안의 그 무엇이 자꾸만 허물어지네요.

가만히 흐르는 눈물, 소리 없이 흔들리는 몸짓,

또 하나의 사랑이 이 밤 하얗게 쏟아져 내리는 달빛에 뒤섞이네요.

블라인드는 내려지고 어둠마저 소리를 삼키네요.

형체도 없이, 소리도 없이 그렇게 사랑이 사랑을 앓고 있어요.

Post of thinking

이제는 당신이 불러주는 이름의 꽃이고 싶습니다. 당신이라는 나무에만
피고 지는 꽃이고 싶습니다. 붉게 타오르는 샐비어가 되고 싶습니다.
당신이 마지막으로 보는 내가 마지막으로 피는 사랑의 꽃이고 싶습니다.
나는.

당신에게 기대어
편히 쉬고 싶어요

늘 마음속에 말없음표만 안고 살았지만
결국 당신 앞에 이렇게 주저앉고 말았네요.
혼자 떠나온 낯선 여행지에서도 당신을 생각했어요.
언제부턴가 진달래 꽃물처럼 당신 취향으로 서서히 물들기 시작했어요.
당신이라는 사람에게서만은 몸과 마음이 낮게 내려앉고
사랑의 질서를 지나는 샛강처럼 마음이 작아지기만 했어요.

잊으라 해서 애써 잊으려 모래처럼 흩어지는 울음을 토해도 보고
맑은 섬진강 물 자락에 허리를 굽혀 여윈 마음 씻고 또 씻어 보았지만
붉게 물든 마음은 여전히 당신을 보낼 수 없다 하는데 어쩌지요.
한참 동안 당신이라는 앵글에 맞춰져 살았기에 힘이 드나 봐요.
당신은 결국 내 작은 동공 속으로 들어와 내 안의 주인이 되었어요.

수만 리 떨어진 먼 그대라 생각했던 당신
지금 봄과 함께 당신은 내 곁에 있어요.
붉게 물든 꽃 한 송이 내 심장에 피었고요.

이젠 심장에 금이 가도록 떨리는

숨 막힌 사랑을 당신과 함께 하고 싶은데.

비록 허락받지 못한 사랑이지만 눈이 내려놓지 못한

입이 뱉지 못한 말들을 내 안의 당신에게 다 표현하고 싶어요.

이제 당신이라는 큰 나무 그 어깨에 기대어 편히 쉬고 싶어요.

백일홍처럼 나도 몰래 붉은 꽃 피었어요.
그 마음 시리도록 환하게 아플 거예요.
그 안에 들어가 환하게 타들어가고 싶어요.
그리고 함께 아득해지고 싶어요.

향기 없는 모란꽃이 되어
당신을 향해 고개를 숙이네요

등이 굽은 낙타처럼 오늘도 당신이 있는 곳을 향해 몸을 굽혔어요.
어제처럼 표정 없는 당신을 향해 세상에서 가장 아름다운 불을 지폈어요.
겨울 햇살, 겨울바람에 바싹 마른 장작을 넣어
몸을 조아리며 당신의 눈높이에 맞춰 불 조절을 했어요.

이별해 본 사람만이 만남의 소중함과 사랑의 아름다움을 알듯이
기다려 본 사람은 기다림이 얼마나 힘든 일인지 알 거예요.
오늘도 당신에게로 떠나고픈 마음을 키박스를 채워 묶어 두었어요.
지나간 추억만을 안고 살기에는 내가 당신을 너무 사랑한 것 같아요.

당신을 향해 타오르는 불꽃은 시간이 흐를수록
더 붉은 얼굴이 되어 내 곁에 머무네요.
우연이라는 이름으로라도 부딪칠 수 있다면 참 좋겠어요.
오늘도 속으로, 속으로만 우는 내 심장에 핀 눈물 꽃 한 송이
향기 없는 모란꽃이 되어 당신을 향해 고개를 숙이네요.

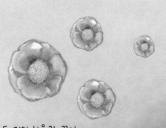

모든 것의 처음과 끝인
당신이 내게로 옵니다.
천천히 오고 있습니다.
핑크빛 꽃잎을 물고
주홍의 사랑을 전하러 내게로 오고 있습니다.

당신은 나에게,
나는 당신에게

당신, 내 안에 환한 불빛 밝혀주던 그대
얼마나 오래 가슴에 담고 살아왔는지.
한꺼번에 타오르는 폭죽처럼 부처님 오신 날 붉게 꽃등을 밝히네요.
오래오래 함께 사랑하자던 당신의 언약을 생각하며
연꽃 피는 물가에 앉아 있어요.
바람이 지나간 곳에 그 누군가가 보이고
내 안에 오고 가는 사람 소리도 들리고요.
내 몸 곳곳마다 새겨진 당신이라는 문신
이제는 은은한 사랑의 향이 되어 온몸에 박혀 버렸어요.
당신 지나고 간 자리마다 붉게 터지는 석류빛 눈물샘처럼
사랑은 오래도록 깊어가고 있어요.
날 이끄는 당신이라는 바람에 의해 당신은 나를 여자로 만들었고
당신에게 길들여진 단 하나의 여자가 되었어요.
당신은 나에게, 나는 당신에게 세상에서 가장 소중한 사람이 되었어요.

이제 두 사람은 비를 맞지 않으리라

서로가 서로에게 지붕이 되어줄 테니까

이제 두 사람은 춥지 않으리라

서로가 서로에게 따뜻함이 될 테니까

이제 두 사람은 더 이상 외롭지 않으리라

서로가 서로에게 동행이 될 테니까

이제 두 사람은 두 개의 몸이지만

두 사람의 앞에는 오직 하나의 인생만이 있으리라

이제 그대들의 집으로 들어가라

함께 있는 날들 속으로 들어가라

이 대지 위에서 그대들은 오랫동안 행복하리라

아파치족 인디언들의 결혼 축시

사랑의 불꽃은
그렇게 타오르기 시작했어요

눈, 코, 입, 귀도 없이
나에게 파고든 당신의 흘림의 몸짓은 나를 힘들게 하고 있어요.
당신이 보낸 조금의 문자 메시지, 조금의 이메일,
조금의 웃음, 조금의 눈물방울이 기다림 속으로 나를 가둬놓고 말았어요.
능소화 피고 능소화 지고, 초등학교 담을 타고 올라가던 담쟁이 이파리
저 홀로 붉다가 홀로 떨어질 만큼
시간은 흘러갔는데 여전히 당신은 나를 붙잡고 있어요.

여름 그리고 가을, 그리고 다시 찾아온 겨울 내내
알 수 없는 당신의 형체와 함께
오래도록 비틀거리며 취하기도 하고 춤을 추다가
웃고 울었지만 참 많이 행복했어요.
이제, 당신은 내 안의 주인이 되어
내 호흡소리와 함께 눈을 뜨고 눈을 감는 전설의 주인공이 되었어요.
사랑의 불꽃은 그렇게 타오르기 시작했어요.

사랑은 시간을 잊게 하고, 시간은 사랑을 잊게 한다.
L'amore fa paffare il tempo, e il tempo fa passare l'amore.'

이탈리아 명언

하나를 얻으면 하나는 내려놓아야 하는 것 같아요.

신은 인간의 두 손에 모든 것을 안겨주지 않으니까요.

내가 하나를 얻으면 다른 누군가가 하나를 내어 놓아야 하니까요.

내가 당신을 가지면 신은 나에게서 무엇을 뺏어 갈까요?

그게 무엇인지 의문이고 두려워요.

시간이 익어갈수록 당신을 향한 그리움의 불꽃은 간절하고 선명해져 가요.

가늘게 펴져 가는 불꽃 사이로 어렴풋하게 당신의 얼굴이 떠오르네요.

허나 절대로 잡히지 않는 허공의 기적소리처럼

당신이 내뱉던 무수한 희망은 모두 다 내 것이 아니지만

그 말을 듣는 순간 내가 주인공이란 생각을 하게 되고

그 순간은 진심으로 행복했으니까요.

이대로 평화롭게 시간이 흘러 당신과 나를

다음 생으로 데려다 놓는다고 후회가 없으니까요.

하나의 길을 절반쯤 걸어온 우리, 정말 행복하다는 말을 꼭 하고 싶어요.

"그냥, 같이"란 말을 당신 때문에 알게 되고 익숙해졌지만 참 좋은 것 같아요.

여전히 우리가 가는 길 위엔 행복을 더 많이 만날 희망이 있으니까요.

함께 있는 것이 서로에게 가치 있는 시간을 만들어 주는 것이
행복인 것 같아요.

누구는 "사랑은 바람 불면 사라지고 마는 것."이라고 했지만
우리에게 머물고 있는 이 '애틋함'을 구속하지 않고
나의 것도 아니고 당신 것도 아닌, 같이 소중하게 공유한다고
생각하면 좋을 것 같아요.

사랑 앞에서 그 무엇도 단언하고, 확신할 수 없지만
다만 정성으로 '애틋함'을 간직한 채 현재를 산다면
당신도 나도 행복할 것 같아요.

바쁘다는 핑계로 시간을 꾸역꾸역 이어가지 말고
심장 가까이에 포스트잇처럼 붙어 있는 존재가 되었으면 해요.
어디서 무엇을 하든 늘 결정적인 순간에 기억에 머물러
손을 잡아주는 우리가 되었으면 해요.

바쁘다는 핑계로 외면하지 말고 손 내밀면 웃으며
여백을 채워주는 존재가 되었으면 해요.
시간이라는 것은 마음이 허락하면 얼마든지 만들어지니까요.
손 내밀면 웃으며 여백을 만들어주고
누군가를 위해 며칠을 앓아도 괜찮을 만큼 가까운 사이가 되었으면 해요.

사랑하는 사이라도 하지 못하는 말들이 더러는 있다고 하지만
아픔도 나누었으면 해요.
뚱한 표정으로 말하지 못하고 담아두는 날카로운 언어들이
가슴 끝에 매달려 우리를 힘들게 할지 모르니까요.
묵직한 고민 덩어리 하나라도 있다면 나누어야죠?
힘들 때, 아플 때 서로의 어깨에 기대면 가벼워지잖아요.

바람이 불어 흔들리게 되면 휘청거리지 않게 서로에게 기대요.
어깨든 등이든 바람이 멈출 때까지 잡아줘요. 애틋한 마음으로 말이에요.
'애틋함'이 사랑이잖아요. 꼭 그렇게 하기로 약속해요, 우리.

창밖을 봐.
바람에 나뭇가지가 살며시 흔들리면
네가 사랑하는 사람이 너를 사랑하고 있는 거야.
귀를 기울여봐.
가슴이 뛰는 소리가 들리면
네가 사랑하는 사람이 너를 사랑하고 있는 거야.
눈을 감아봐.
입가에 미소가 떠오르면
네가 사랑하는 사람이 너를 사랑하고 있는 거야.

영화 <클래식> 중에서

누군가를 만나면서도
누군가를 기다리는

사랑이라는 것은 같은 장소에서 같은 시간에

함께 머무는 동시성의 기능이 있지만

첫사랑은 동시성의 기능이 없음에도 불쑥불쑥 그리워지죠.

첫사랑은 지켜줄 수 없기 때문에 슬프고 지킬 수가 없어 아프지만

고귀한 낭만적인 약속이에요.

내가 처음 그를 부르는 순간 그래서 그가 나에게

귀 기울이며 대답하는 순간 그와 나는 시선이 합쳐지며

한 공간에 갇히게 되잖아요.

마주 보며 시선을 교감하고 같은 생각을 나누잖아요.

서로의 간절한 시선이 눈을 어루만지고 입술을 터치하는 것 그것이 사랑이죠.

사랑은 시선의 고정 그리고 흔들림에서 탄생이 되죠.

서로를 향한 간절한 욕망의 생생함이 사랑의 불꽃을 피우고요.

지금 진행되는 사랑에 의해 과거의 사랑을 기억하게 하고

미래의 사랑을 예감하죠.

현재의 사랑이 만족스럽지 못하다면

마음속에 간직한 첫사랑의 장례식은 영원히 치를 수가 없으니까요.

어쩌면 세상에서 가장 잔혹한 슬픔은 만날 수 없는 사람을

그리워하는 것이에요.

악마의 칼날처럼 순간순간 찾아들어 나를 괴롭힐 테니까요.

사랑을 나누는 동안 주고받은 고백 또한 일시적인 보상효과를 안겨 주지만,

사랑이 멈추거나 떠나는 순간 고백은 뒤늦은 후회의 가정법이 되고 말아요.

'그때 ~했더라면' 하는 미련의 가정법 말이에요.

사랑에 있어 술에 의지한 채 서투른 고백을 하는 것보다는

침묵으로 고백하는 것이 더 온전한 고백이에요.

진정한 사랑은 언어라는 표현 수단보다도 눈빛, 몸짓,

그리고 느낌의 교류가 아닐까요.

진정한 사랑은 나르시스적인 언어 이상의 어떤 것이니까요.

100년 만의 폭설이 내려도 100년 만의 홍수가 찾아와도

사랑하는 사람과의 약속을 증명하는 것은 결국 말보다 행동이니까요.

그래서 사랑의 위대함은 아마도

인간의 힘 그 이상의 어떤 것이란 생각을 해요.

소나기가 내리기 시작한 이 시간

우산 없는 사람은 비를 피해 소나기가 그치기를 기다리는 것처럼

사랑도 운명 같은 인연을 찾기 위해 누군가를 만나면서도

누군가를 기다리는 기다림의 영원한 여행이란 생각을 해요.

우리 모두는 누군가의 첫사랑이었습니다.

영화 <건축학개론>

모든 출구는
들어가는 입구

산다는 것은 '불가사의함'의 세계인 것 같아요.
알 듯 모를 듯한 모호함으로 가득 찬 세상에
약속을 부여해서 질서를 지키며 살아가니까요.
'반듯한 원칙'이 내가 편안해지는 프레임인 것 같아요.
내가 '세상을 바라보는 시각'이 세상과의 조화를 이룰 때
만족은 크게 다가오겠죠.
'무엇을 얼마나 가졌느냐'가 아니라 '어떻게 사느냐'에 따라
만족도는 달라지겠죠.
아마도 '이 순간이 마지막인 것처럼' 살아간다면 후회도 덜 하게 되겠죠.
교사의 목적이 아이들을 가르치는 일이 아니라
돈을 벌기 위해서라면 얼마 가지 않아 권태와 회의감에 빠져
교사생활을 오래 하지 못하게 되지만
환경미화원이라도 즐거운 마음으로
거리를 깨끗이 하겠다는 생각을 가진다면
자신이 하는 일에 보람을 느끼겠죠.
영국의 극작가 톰 스토파르는 "모든 출구는 어디로 들어가는

입구가 된다(Every exit is an entry somewhere)."고 말했어요.
방향을 조금 바꾸면 지금은 불행하더라도 행복으로 나가는
출구를 찾을 수가 있겠죠.
생각의 전환, 모험적인 실천이 필요한 것 같아요.
고정된 생각의 잠금장치를 풀어 세상 속으로 나아가면 되는데
용기가 부족한 거죠.
자유로운 생각의 해제가 불행 끝 행복 시작인데 말이죠.

가야 할 때 가지 않으면 말이에요.
정작으로 가려 할 때는 갈 수 없게 됩니다.

영화 <세상에서 가장 빠른 인디언> 중에서

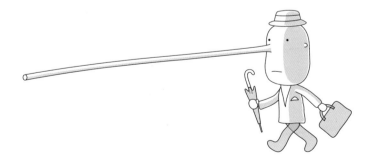

당신의 나무늘보가
되고 싶습니다

사랑에 대한 버킷리스트 참으로 많이 망설이고 흔들렸지만
나무늘보처럼 당신 곁에 붙어 있어요.
말이 없는 당신의 수줍은 사랑고백,
짙은 향기의 붉은 장미 꽃다발은 충분히 나를 취하게 만들었어요.
지금까지 사랑의 역사를 만들고 있는 당신과 나
가끔은 기억상실증에 걸려 아무것도 생각나지 않을 때도 있지만
그리움의 붉은 옷, 기다림의 푸른 옷 모두 기쁨이었어요.
거의 매일 1년, 5년, 10년 전의 일들이 불쑥불쑥 떠오르네요.
그럴 때마다 하얗게 부풀고 싶어 하는 끈적끈적한 욕망이
나를 일으켜 세워 당신에게로 향하죠.
물론 가파른 언덕을 넘지 못해 산 중턱에서
내 그리움을 풀어 놓고 오는 때가 많았어요.
하지만 당신이 보면 보이는 곳에 내 그리움을 매달아놓고
안부를 묻고 싶어요.
처음이나 지금이나 수줍은 사랑표현 방식이 익숙한 습관이 된 듯해요.
수많은 기억들이 범람해 순서 없이 튀어 나오지만

가장 행복한 것이 무엇이냐고 묻는다면

횡단보도 뛰어가다가 놓친 내 손을 다시 꼭 잡아 주는 거였으니까요.

손잡고 거니는 것, 그것이 최고의 행복이에요.

따뜻한 마음이 교류하니까요.

함께 만든 물결이 수십 년을 돌고 돌아 몸과 마음속으로 파고드네요.

우리에게 사랑할 시간이 얼마나 많이 남았는지 모르지만

앞으로도 반성문을 쓰는 듯한 일회용의 사랑 표현은 하지 않을래요.

충분히 사랑을 주고 또 주어 더 이상 줄 것이 없어

미안해질 때까지 최선을 다할게요.

이 세상 마침표를 찍는 날이 오면

당신 손잡고 '사랑해서 충분히 행복했다'는 말을 남기고 싶어요.

그것이 한 사람을 사랑해온 나의 사랑에 대한 버킷리스트이니까요.

한 사람을 사랑해온 나의
bucket list

'당신'
그 이름을 부를 때마다
이제는 눈언저리에 이슬이 맺힙니다.
'당신'
그 이름을 부를 때마다
마음 언저리에는 쓸쓸한 바람이 붑니다.
애틋한 마음에다가 안쓰러운 마음까지
복합된 감정이 밀려오는 것은 나이가 들었나 봅니다.

알레그로
비바체

추락하는 것들이 피 묻은 날개를 들고 밤거리를 서성이고 있네요.
순식간에 채워지는 어둠 너머에는 몸이 잘린 달빛이
쉴 곳을 찾아 두리번거리네요.
현관문을 여는 순간 아침에 남겨둔 따뜻함은
어딘가로 긴 여행을 떠난 것 같아요.
밥 냄새가 그리운데 함께 먹어줄 누군가가 없어요.
지난가을 내게 남긴 당신의 헐렁한 언약이 방문을 노크하네요.
밀려왔다가 쓸려가는 당신 얼굴도 보여요.
외롭다는 말, 허전하다는 느낌이 밀려드는 밤이에요.
지난가을 당신의 체취는 늦가을 바람에 나뒹구는 낙엽처럼
방 안을 헤집고 다니네요.
날아오르기 위해 몸을 웅크리고 있는 그리움 한 조각이
시선을 사로잡고 있어요.
돌아보면 세상 곳곳이 벼랑 끝이었지만 내 몫의 것들은
반드시 존재한다는 것을
그리고 찾아서 내 것으로 만들기 위해서는 튼튼한 날개가 있어야 하는데

그게 쉽지 않다는 사실이에요.
하얀 날갯짓을 파닥거리며 꿈결처럼
날아오르는 시도를 하지만
금세 떨어지죠.
편안히 내가 안착할 수 있는 나를
지휘하는 그곳으로 가고 싶어요.
빠르고 경쾌하게,
알레그로 비바체!

Post of thinking

한겨울 빈 들판에 서 있는 휘어진 나목처럼
오래도록 그대에게로 휘어진 사랑 때문에 아팠습니다.
똑같은 길 위에서도 헤매다가 목숨이 되어버린 사랑
난 여전히 그 사랑이 목마르고 그립습니다.

다시 겨울은 깊어가고 세상은
깊은 겨울잠에 취해 있어요

오랜만에 도심을 산책하며 빌딩 숲 사이로
뛰어내리는 겨울 햇살을 끌어안아 보네요.
다시 겨울은 깊어가고 세상은 깊은 겨울잠에 취해 있어요.
솔잎 향을 맡으며 지극히 단순해진 마음으로 무거운 일상을 밀어내죠.
뒤엉키고 숨 막힐 듯한 화든 시간도 멈춰버린 듯해요.
혼란스러운 골칫거리들이 허물 벗듯 하나둘 풀리는 느낌이에요.
이 모두가 자연이 주는 힘이 아닐까요.
잠시 사선으로 세차게 몰아치는 겨울비가
세상을 흠뻑 적시며 내 마음도 두드리네요.
비를 맞으며 소나무 숲길을 걷는 것도 신선한 경험이에요.
소나무 길을 걸으며 초록의 풋풋한 향기에 취하면
가슴에 희망의 불씨가 저절로 만들어지네요.
한꺼번에 툭 떨어지는 솔방울을 보는 기쁨도 있어요.
또 구멍 숭숭 뚫린 마른 낙엽을 주워 자세히 들여다볼 때에는
봄부터 숨 가쁘게 달려왔던 아픈 내 발자국이 생각나네요.
바쁜 일상에 떠밀리면서 잊고 있었던 가물거리는
내 그림자가 유난히 아릿해 오네요.
어둠 속으로 바쁘게 드러눕는 저무는 서녘 하늘의 노을은
곧 찾아올 나의 황혼의 시기를 일깨워 주네요.
힘없는 겨울 햇살 쪼아 물고 날개를 파닥이며

먹이사냥을 떠나는 비둘기도 보이네요.

나무와 나무 사이를 걷노라면 사람과 사람 사이의 관계를 생각하게 만들죠.

적당한 간격을 유지하며 자라는 나무처럼 사람 관계도 그런 것 같아요.

지나치게 가까우면 부딪치게 되고 부딪치면 상처를 남기니까요.

고층 마루에 올라 지구를 뛰어내리고 싶은 충동도 생기니까요.

사람과의 관계에서 편안한 상태는 일정한 거리를 두어야 만족을 느끼죠.

일정한 간격이 있어야 편안히 오갈 수 있는 길이 생기니까요.

어쩌면 겨울은 낮고 부드러운 침묵의 소리로

삶의 한가운데로 이끄는 것 같아요.

마치 헐벗은 마음을 가진 이들에게 둥근 달 하나 걸어주며

희망의 빛을 쏟아부어 주는 것 같아요.

사색의 시간을 만들어 희망을 품게 하고 도전의 욕망을 춤추게 하니까요.

그래야 봄이 오면 씨앗을 뿌리게 되고

지독하게 험한 산을 넘고 강을 건너야 원하는 열매를 수확할 테니까요.

그냥 평범한 열매가 아닌,

나만이 빚을 수 있는 무늬와 향기가 있어야 멀리서도 느껴질 테니까요.

마치, 천 리까지 퍼져 나간다는 아름다운 천리향처럼 말이에요.

Post of thinking

리처드 바크는
"희망이 주어질 때는 그것을 이룰 수 있는 힘도 같이 주어진다."고 했습니다.
꿈도 꾸기만 하고 생각만 한다면 이루어지지 않습니다.
꽃은 피어야 아름답고 비는 내려야 존재감이 인정되듯
꿈도 실천에 옮겨야 실현이 됩니다.

1주일간은 정신줄 놓아두고
우두커니로 살려고요

시집 〈고마워요, 내 사랑〉을 탈고하고 나니 또 하나의 꿈이 완성된 듯합니다.

1년 만에 찾아온 꿈 같은 휴식이에요.

다시 다른 작품의 퇴고 작업이 시작되겠지만

넉넉히 1주일간은 정신줄 놓아두고 우두커니로 살려고요.

사람을 만나는 것도 일이라 생각되어지면 부담스러울 때가 있어

쉬는 동안은 약속도 피하기로 했어요.

음악도 듣고 영화도 보고 읽고 싶은 책도 읽고 꽃도 사고 아이쇼핑도 하면서,

오로지 나를 위한 선물로 1주일 동안 맘껏 누리려고요.

재충전의 시간이란 표현이 적합할 듯 싶네요.

작년 첫눈 내릴 때 작업을 시작한 것이

봄의 문턱에서 마침표를 찍었으니까요.

작업을 하는 동안 봄, 여름, 가을을 그냥 보내버린 것 같아

서운하기 그지없었는데,

창밖을 보니 저만치에 봄이 온 것 같아 기쁘기 그지없습니다.

베란다에는 춘란 몇 송이가 짙은 향기 품어대며 시선을 모으려 하고 있고,

들판의 야생화의 두 뺨은 수줍은 듯 발갛게 상기되어 있네요.

이른 아침 자동차는 곤히 엎드려 잠든 아스팔트길을 흔들어 깨우고,
아파트 놀이터에는 새로 산 세발자전거를 끌고
자랑하는 꼬마아이들도 보이네요.
온통 세상 풍경에서 봄이 가까이 왔음을 느낄 수가 있어요.
그리운 얼굴들이 시도 때도 없이 생각나는 것도 여백이 많아진 이유겠지요.
편안한 마음으로 보고 싶은 그 모습 간신히 찾아내어 더듬어 보네요.
당신, 잘 지내시는 거죠?

겨울 숲을
걸었어요

겨울 숲을 걸었어요.

해가 산에 걸치도록 온몸이 땅에 닿도록 걸었어요.

지는 해는 설레듯 서녘 하늘을 붉게 물들이고는

몰래 자취를 감추었어요.

내 그림자가 초승달처럼 지친 듯 날카로워졌어요.

어둠이 감싸안은 겨울 숲은 낮은 곳으로

가볍게 몸을 낮추고 있어요.

보름달도, 푸른 별도 쓸쓸한 품속으로 빨려들어가네요.

겨울새 한마리가 나뭇가지를 옮겨가며 둥지를 틀고 있어요.

날렵한 겨울바람소리, 파드닥거리는 겨울새의 몸짓에

세상은 낮게 낮게 몸을 낮추고 있어요.

사람도, 동물도, 식물은 깊은 동면에 들어가네요.

간간이 겨울 땔감 어깨에 지고

산허리를 내려가는 노인이 보이네요.

다들 어디로 숨었는지 적막만이

바쁘게 겨울 숲길을 걸어 다니네요.

돌아보니 삶은 처음부터 백지였습니다.
채우고 채울수록 비워지는 것이 많아 힘겹다는 것을
결국 삶은 채우는 것이 아니라 비우는 것이라는
비우고 비워 처음으로 돌아가는 것이 삶이라는 것을
그때는 왜 몰랐을까요.

지극히 윤리적인
순례자 되어 살고 싶습니다

세상을 배회하다 돌아와 먼지 가득한 영혼을 햇볕에 말리네요.

묵은 것들을 끄집어내어도 끝이 없네요.

까맣게 얼룩진 것들, 찌그러진 것들, 깨져버린 것들을

다 끄집어내어 놓으니 반듯한 것 하나 없어 마음이 아릿해지네요.

새벽 숲이 물안개로 젖듯 눈가에 이슬이 맺히고요.

사는 것이 순례인 듯 죄 짓지 말아야겠다는 생각을 많이 해요.

주름지는 몸처럼 마음도 편안히 늙어 가면 좋겠어요.

더 이상 사무치도록 붉게 물들지 않았으면 좋겠어요.

그대를 향해 나부끼는 그리움도 멈추었으면 좋겠어요.

추상의 사랑도 이제는 멈추었으면 좋겠어요.

내가 갈망하는 그곳에도 닿지 않고,

당신이 갈망하는 이곳에도 닿지 않았으면 좋겠어요.

욕망에 눈이 멀지 않은, 지극히 윤리적인 순례자 되어 살고 싶어요.

당분간만이라도.

붉은 장미와 노란 옥수수가 익어가는 불타는 여름이지만
당신 잊겠다는 약속은 시간 앞에 저장해 둘게요.
눈물이 말라 더 이상 울 수 없는 날이 오면
그때서야 물 흐르듯이 담담히 말할게요.
'I really love you'라고.

아직은 두려움이 앞서
내 안에 비밀스럽게 숨겨 둡니다
'사랑해'라는 말을

PART 7

당신을 사랑한 다음 페이지

달이 되어

내가 그대의 하늘
그대의 바다가 될 수 없다면
차라리 밤에 뜨는 달이 되어
아무도 몰래 그대의 뺨에
그대의 입술에 키스하리라

한차례 세찬 비가 내리고 나니
이제야 가야 할 길이 보입니다
나의 길이 먼 곳까지 선명하게 보입니다

초롱초롱 빛나는 별이 내 가슴에 박힙니다
그리운 사람 찾아 떠나는 바람처럼
약속한 여행자가 되어 당신에게 가겠습니다

당신,
기도해 주실 거죠?

마흔을 지나면서 연목구어(緣木求魚)라는 말이 심장에 파고들었어요.
나무에 올라가서 물고기를 구한다는 뜻인데요.
도저히 불가능한 일을 굳이 하려 함을 비유적으로 이르는 말이지만
나는 두 가지 의미로 새기고 있어요.
오만해졌다고 느낄 때에는 '분수를 알아라'라고 나를 채찍질하고
좌절감에 빠져 자신감이 바닥이라 느껴질 때에는
'야망을 가져라'라는 의미로 나에게 용기를 주고 있어요.
인생이란 것이 불가능한 일들, 없는 길을, 없는 다리를
하나씩 내 손으로 만들어가야 하는 거잖아요.

지금껏 나를 지탱하게 하는 건 아름다운 추억이었어요.
힘들 때마다 불쑥불쑥 찾아와 용기를 주었기에
이제껏 버틸 수 있었던 것 같아요.
또 한 번의 착한 기적을 위해 도전하려고 해요.
이번에는 높은 곳, 멀리 있는 곳이 아니라
내 눈높이에 맞춰 편안하게 여행하려고요.
욕심내지 않고 내 스텝에 맞춰 움직이려고 해요.
목적지에 무사히 도착할 수 있게 당신, 기도해 주실 거죠?

인생은 문으로 가득 차 있습니다.
문은 열리고 닫힐 때마다 가르침을 줍니다.
문은 열리기 위해, 닫히기 위해 존재합니다.
닫힌 문을 여는 힘, 열린 문을 닫게 하는 힘
자신에게서 나옵니다.

비 오는 날은
추억을 먹어요

겨울비가 내려요.
티끌 하나라도 다 씻을 작정으로
한여름 소나기처럼 퍼붓네요.
우산 든 한 남자가 비 맞는 학생 속으로 뛰어가요.
우산 속에 두 사람
여유가 있고 풍경이 아름다워요.

비 오는 날에는 추억이 세상 밖으로 걸어 나오죠.
사물도, 남자도, 여자도 추억의 성으로 들어가요.
추억은 아플 때 힘들 때 삶을 지탱해주는 지지대 역할을 하죠.

오늘보다 어제가, 현실보다 이상으로 몰고 가죠.
때로는 불가능을 가능하게
절망보다 희망으로 살아 움직이는 모든 것을 살찌우죠.
비 오는 날은 누구나 아이가 되고 천사가 되어 추억을 먹죠.

생(生)은 균형을 찾을 때까지 수천 번 흔들립니다.
그러다가 넘어지면 완벽하게 쓰러집니다.
이만큼 나를 중심 잡게 해준 것은
힘들 때마다 불쑥불쑥 찾아와
웃음을 안겨 주던 어제라는 그리움입니다.

상심의 물음표만
남깁니다

꽃비 되어 별처럼 흘러내리는 봄꽃이

차라리 눈물겨운 밤이에요.

미풍에도 흔들리는 마음이지만 눈물을 머금고 흘러온 이 길

손바닥에 무심코 떨어지는 시들어가는 붉은 꽃잎 위로

세상 밖으로 터져 나오지 못한 그리움 앞에

핏빛 눈물 한 방울 힘겹게 떨어지네요.

따뜻함이 그리워 찾아가면 편안함을 안고 돌아왔던 그곳에

한 그루 수목으로 남고 싶었어요.

그 이상을 바라지도 기대하지도 않았어요.

깊은 밤 창끝에 두런두런 걸려 있는, 임종하는 하얀 목련꽃잎

그 누군가에게 상심의 물음표만 남기고 낙하하네요.

오늘도 난 붉어진 얼굴을 감추며 힘겹게 계절을 앓고 있어요.

오로지 당신을 위해 희망의 햇살이, 온전히 나를 위하여 조금의 당신 미소가
존재하는 그런 곳에 함께 있고 싶습니다.
나란히 두 손 맞잡고 앉아 깊어가는 서로의 눈동자를 들여다볼 수 있다면
내일 당장 길이 갈라진 곳을 따라 혼자 걸어가도 좋겠습니다.
당신은 거기로, 나는 여기에 영원히 머문다 해도 괜찮습니다.

사랑은 서서히
물들기 시작했을 뿐이에요

꼭 당신을 만나야겠다고 노력한 적은 없어요.
그러나 어느 날 갑자기 당신이 내 앞에 서 있었어요.
당신을 사랑하겠노라 죽어라 애쓴 적도 없어요.
어느 날부터인가 난, 당신을 사랑하게 되었어요.
일부러 당신의 마음을 사로잡으려 한 적 없어요.
그저 난 당신에게, 당신은 나에게 서서히 물들기 시작했으니까요.
난 당신의 색깔로, 당신은 나의 색깔로 닮아 가기 시작했으니까요.
사랑은 어느 날 소리 없이 내 앞에 살포시
내려 앉아 세상을 아름답게 물들이는, 그 무엇이 되었으니까요.

이렇게 스며드는 것이 사랑이었구나,
스펀지에 스며드는 물처럼
이렇게 끌려가는 것이 사랑이었구나,
자석에 달라붙는 못처럼
이렇게 허물어지는 것이 사랑이었구나,
어둠의 품에 안기는 석양처럼
스며들고 끌어당기며 허물어지는 것이 사랑이었어

열정을 언제까지
싱싱하게 뿜어낼 수 있을지

추억과 희망은 많이 닮은 것 같아요.

추억은 잃어버리지 않기 위해, 희망은 간직하기 위해

쫓아가며 반복학습을 하잖아요.

반복학습을 통해 늘 기억하고 간직하려고 애쓰잖아요.

낡은 서랍이든 새 서랍이든 열고 닫기를 수천 번 하면서

곰팡내 나는 기억까지 찾아내니까요.

수십 번 서랍을 열고 닫으며 지나간 추억을 미래의 희망을 끄집어내잖아요.

쏠려간 시간에 대한 진한 미련 탓일까요?

아니면 남은 열정에 대한 최후의 몸부림일까요?

그곳엔 여전히 파릇한 돌고래가 울고 웃으며 헤엄치고 있었지만.

그 옛날의 열정을 따라갈 무엇이 2% 부족할 때에는

서랍은 저절로 닫혀 버리니까요.

열정이 부족하면 추억의 서랍이든, 희망의 서랍이든

금이 가고 깨어져서 열리지 않겠죠.

자신의 존재를 분리하면 서랍은 영원히 닫힌 채로 있겠죠.

무엇이든 존재의 가치를 오래도록 소유하는 것이 중요한데

살아가는 최고의 힘인 열정을 언제까지 싱싱하게 뿜어낼 수 있을지

시간이 언제까지 열정을 나에게 허락해줄지 그게 궁금하고 두려워요.

Post of thinking

한 번만 나를 위해 비플렛의 휘파람을 불어주십시오.
쇠사슬 같은 신념의 매듭을 묶을 수 있도록
길고 먼 기다림을 끝낼 수 있도록
내 한숨소리 땅에 닿지 않게 희망의 휘파람을 불어주십시오.

사랑은 묘약이기도
독약이기도

'나, 맹세하오. 내가 사랑하는 사람하고만 춤을 추겠다고.
비록 그 이유 때문에 내가 파멸한다 해도 난 그렇게 하겠소.'

〈젊은 베르테르의 슬픔〉에 나오는 베르테르가
로테를 향해 던진 치명적인 맹세인데요.
사랑하는 사람이 꺼내준 총으로 죽음을 택한다는 것은
죽어서까지도 그녀를 사랑하겠다는 맹세일까요?
생각해보면 도저히 감당할 수 없는,
통제가 안 되는 치열하고도 미친 사랑이 한 번은 찾아온다고 생각해요.
그것이 이루어질 수 있는 사랑이든, 이루어질 수 없는 비운의 사랑이든
그 주인공이 '나'일 수가 있으니까요.
나무가 깊이 뿌리를 내리면 그곳에서만 자라듯
사랑도 시작되면 끝날 때까지 자리를 이동할 수 없잖아요.
멈추고 싶어도 멈출 수 없는
사랑하면서도 아픈 슬픈 운명을 가진 사랑이 세상에는 있으니까요.
서로를 사랑할 수밖에 없는 운명을 타고난 사랑이 세상에는 있으니까요.
그래서 사랑은 카타르시스를 느끼며 최고의 기쁨을 주는 묘약이기도 하고
최고의 고통을 주는 독약이기도 하니까요.

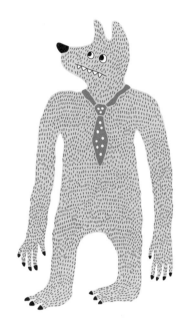

당신의 그림자를 꿈꾸며
당신의 그림자 되어
당신의 그림자에 취해 살아갑니다.
가끔은 춥지만
그래도 따뜻한 날이 더 많습니다.
그래서 행복합니다.

사랑한다는 의미는 모든 것을 함께 즐기고
견뎌낸다는 약속이니까요

영어에 이런 말이 있습니다.

'우리는 오로지 사랑을 함으로써 사랑을 배울 수 있다.

We can only learn to love by loving.'

진정한 사랑은 즐거움 뿐 아니라 아픔도 나눌 수 있어야 해요.

사랑은 건강할 때에만 곁에 있는 것이 아니라 아플 때에도 곁에 있어야 해요.

사랑은 계산하지 않고 있는 그대로 '받아들임'이니까요.

비가 내리면 함께 우산을 쓰기도 하고 우산이 없을 때에는

함께 비를 맞을 수 있어야 해요.

'I love you'는 기쁠 때만 함께 하는 것이 아니라 아플 때에도

함께 한다는 약속이니까요.

굳이 말하지 않아도 서로의 마음을 읽을 수 있어야 진정한 사랑이니까요.

사랑한다는 의미는 모든 것을 함께 즐기고 견뎌낸다는 약속이니까요.

한평생을 살다 보면 한때 뜨거웠던 애절하고 애틋한 그리움의 자리마다 무덤덤한 정(情)이 들어찹니다.
있는 것 같으면서도 없는 듯 그러나 없으면 빈자리가 크게 느껴집니다.
함께 할수록 사랑도 깊고 진하게 숙성됩니다.

정돈된 몸과 마음속으로
봄이 가득 채워질 것 같아 참 좋아요

아침에 일어나 창문을 열었는데 손가락에 묻은 검은 먼지 때문에
예정에도 없던 대청소를 하기로 했어요.
오늘 책방에 가서 철학 책을 사려고 했던 계획을 변경하여
인터넷으로 구매했어요.
마음이 혼란스러울 때에는 땀을 흘리며 청소하는 것이
나에게는 나를 다스리는 방법이에요.
창문틀을 닦고 책장을 닦고 레몬 향기 나는
투명왁스를 수건에 묻혀 열심히 닦았어요.
수건이 시커멓게 변해버렸어요.
반짝반짝 빛나는 창문을 통해 무지개 빛깔의 세상이 눈 안에 들어와
삶의 활력을 주는 느낌이에요.
집안 청소는 내 안의 마음까지 깨끗하게 해주는 것 같아요.
켜켜이 먼지가 쌓인 인간관계도 새롭게 정리하는 시간을 안겨 주었어요.
깨끗이 청소한 냉장고에 내가 좋아하는 과일을 채워 놓았어요.
그리고 기분 좋게 샤워를 하고 영화를 한 편 볼 거예요.
오늘은 〈아마데우스〉를 볼 거예요.

그리고 먼지 하나 없이 반짝이는 유리창을 보며 편안히 잠을 자고 싶어요.
깨끗이 정리된 공간, 깨끗한 몸, 깨끗한 마음이
새로운 출발을 알리는 것 같아요.
〈쿵푸팬더〉에 나오는 멋진 대사가 생각나요.

"어제는 역사란다. 내일은 알 수 없지. 하지만, 오늘은 선물이야.
그것이 우리가 현재를 선물이라고 부르는 이유란다."

시간이 소중하고 살아 있다는 것이 선물이라는 생각을 하는 순간
새로운 출발은 시작되는 거겠죠.
녹이 슬고 닳아버려 고장 난 것 같은 뇌세포가
다시 정상으로 돌아온 것처럼 빠르게 움직이네요.
주변이 정리되고 몸과 마음이 가벼워지니
개나리, 진달래, 목련의 향기가 집 안으로 들어오는 것 같아요.
조만간 뒤엉킨 일도 해결될 것 같아요.
그러다 보면 삶도 새롭게 정리가 되겠죠.
오늘 깨끗이 정리된 집 안처럼, 내 삶의 질서가 새롭게 정돈되리라 믿어요.
생각 너머에, 한계 너머에는 분명 삶의 해답이 있을 테니까요.
정돈된 몸과 마음속으로 봄이 가득 채워질 것 같아 참 좋아요. 오늘은.

Post of thinking

바꿀 수 있는 것을 반드시 바꿀 용기, 견딜 수 없는 것들을 반드시 견뎌 이겨내는 용기,
변해야 하는 것을 반드시 변하게 하는 용기, 아마도 나는 그들을 기적이라고 부르고 싶습니다.
기적의 주인이 되라고 절반쯤 왔을 때 삶이 나에게 가르쳐 준 팁(tip)입니다.

가을비가
내려요

남산 중턱에 올라서서 세상을 바라보았어요.

나무들은 숨 가쁘게 옷을 벗고 있어요.

늦은 가을비는 바람을 안고 직선으로 곡선으로 곡예를 하며 쏟아졌어요.

회색 빌딩숲을, 달리는 자동차를 발가벗은 은행나무를 흠뻑 적셔주네요.

땅 위를 나뒹구는 마른 낙엽은 빗물 속으로 몸을 감추고 있어요.

빨간 우산을 받쳐든 한 쌍의 연인이 밀어를 나누며

아스팔트 위를 지나가네요.

마음의 길을 찾지 못한 부질없는 말들은
거센 빗줄기 사이를 오가며 춤을 추네요.
겨울을 재촉하는 늦은 가을비는 메마른 영혼을 촉촉이 적셔주네요.
바람소리, 빗소리가 낮게 스며들며 세상을 끌어안고 있어요.
나무도, 집도, 차량도, 연인도 모두 거대한 가을비의 품속으로 숨었어요.
가을비는 그 무엇 하나 밀어내지 않고 다 품었어요.

Post of thinking

내 그리움은 늘 이상적이고 추상적입니다.
그러나 내 기다림은 늘 현실적이고 이성적이었습니다.
내가 당신에게 행한 일 때문에
당신이 나에게 행한 일 때문에.

아름다운 이별

당신을 만나 참 기뻤습니다
당신을 사랑할 수 있어 행복했습니다
아주 오래된 인연처럼
당신을 만나 서로의 가슴속에
그리움을 낳고, 아픔을 낳고
사랑을 낳았습니다

이제는 돌아가야 할까 봅니다
떠나야 하나 봅니다
정작 자신은 저물면서
서쪽 하늘을 아름답게 물들이는 노을처럼
숨죽이는 아름다운 만남을 간직한 채
내가 왔던 길로 돌아갈까 합니다

당신을 알고부터
아픔도 아름다울 수 있다는 걸 느꼈습니다
아마도 난 아름다운 만남보다는
아름다운 이별에 어울리는 사람인가 봅니다
당신의 웃는 모습을 볼 수 있어
참 행복했습니다
당신을 만나 사랑할 수 있어 행복했습니다

나를 꼭 잊고 싶다면

Think Word

나를 꼭 잊고 싶다면
조금씩 지워가며 잊어주시기를

나를 꼭 지우고 싶다면
한꺼번에 삭제 버튼을 누르지 마시고
당신을 흔들어 놓았던 메일을 한 줄씩 지워 가시기를

바라옵건대
조금씩 천천히 지워 가시기를

그저 당신에게 용서를 구할 것이 있다면
허락받지 않고 당신을 사랑한 죄밖에 없으니

가끔씩 당신이 그리우면
당신에 대한 기억 몇 자락만이라도 몰래 끄집어내어
혼자만이라도 웃고 또 울며 추억할 수 있게
새털만큼 가벼운 흔적만이라도 남겨 두시기를

나를 꼭 잊고 싶다면
조금씩 지워가며 잊어주시기를

잊으려 하니 꽃이 피더이다

+

Think Word

잊으라 했기에 당신을 잊으려
시간아 흘러라 빨리 흘러라 그랬지요
겨울이 가고 봄이 오듯 흘러가면 잊힐 줄 알았지요
그런데 시간마저 당신을 놓아주지 않더이다
사무치도록 그리워 가슴에 담은 당신 이름 세 글자
몰래 꺼내기도 전에 눈물 먼저 흐르더이다
당신 떠나고 간신히 잊는 법, 용서하는 법을 배우기 시작했는데
다시 찾아온 계절은 누군가 몰래 맡기고 간
베르테르의 편지를 안겨주더이다

당신을 사랑하던 봄
지운 줄 알았던 당신의 흔적
곳곳에 문신처럼 박혀 있더이다

잊으라 해서 잊힐 줄 알았던 에로티시즘
다시 찾아온 봄과 함께 전신으로 번져 가더이다
가늘게 떨리듯 호흡하는 목소리가 아직도 익숙한데
잊으려 하니 그제서야 꽃이 피는데
나 어찌합니까

희망의 꽃마차가
오고 있어요.

누군가 던진 날선 한마디는 태풍이 되어 휘몰아쳤어요.

일상을 송두리째 흔들어 놓았으니까요.

점령군이 되어 마음을 헤집어 놓았으니까요.

사흘이 지난 지금도 울음소리가 그치지 않고 있어요.

간신히 찢어진 마음을 추스르지만 여전히 내 그림자는 흐느끼고 있어요.

무엇을 그리려고 그림자를 지우는지.

뿌옇게 아른거리는 희망이 비에 젖은 정거장을 스치며 지나가네요.

끝없이 침묵으로 흔들리는 모습, 내가 아파도, 내가 자리를 비워도,

내가 죽겠다며 소리쳐도 아무 일 없듯이 세상은 돌아가네요.

야속하리만치 세상은 나와 정반대의 풍경을 선물하고 있어요.

무심한 하늘도 축복이라 하듯 따가운 햇살을 쏟아 붓고 있어요.

전선줄에 매달린 새들은 누가 먼저랄 것 없이 여름 햇살을 쪼아대고 있어요.

도심을 훤히 밝히던 사무실의 점등이 하나둘 시작되고

전통시장에는 오랜만에 사람들로 붐비네요.

갈매기는 옹기종기 바위섬에 몰려들고

고속도로 톨게이트에는 휴가지로 떠나기 위해

"안 될 거야"가 아니라
"반드시 된다"는 확신을 가져야 합니다.
로마 시인 베르길리우스는 '할 수 있다고 생각하기 때문에 하는 것이다'라고 했습니다.
나의 한계는 내게 부여된 한계보다 훨씬 작을지도 모릅니다.
그럼에도 노력한다면 많은 것을 하게 되고 갖게 되는 능력자가 됩니다.

자동차가 꼬리를 물고 서 있어요.
한적한 시내 포장마차 안에는 시원한 잔치국수로 하루의 피로를 풀듯
먼지를 덮어쓴 환경미화원 아저씨들이 소주잔 부딪치며 여유를 즐기네요.
바람은 부드럽게 라일락 꽃잎을 흔들고 제 갈 길을 가고,
시골 어느 과수원에는 탐스럽게 익은 복숭아가 땅바닥에 나뒹굴고 있어요.
쓰러질듯 구부러진 채로 힘겹게 바위에 기대어 서 있는 소나무는
안간힘을 다해 뿌리에 힘을 주며 버티고 있어요.
소나무는 나를 내려다보며 이렇게 위로하듯 말하네요.
"꿈을 잃지 말고 잘 견뎌내라고. 희망의 꽃마차가 오고 있다고."

나를 흔드는
따스한 말이 그립네요

오늘처럼 지치고 힘이 드는 날에는 얼어붙은 마음을 녹이듯

나를 흔드는 따스한 말이 그립네요.

달콤한 그 목소리를 듣기 위해 낮게 낮게 드리워도 늘 바깥이에요.

안간힘을 써 봐도 소용이 없어요.

그 안으로 들어가 싹을 틔우고 싶은데

그 안으로 들어가 꽃을 피우고 싶은데

안으로 들어가는 것조차 힘이 드네요.

그래서 늘 바깥에서 바라만 보아요.

문 앞에서 문을 두드려 보지만 문이 열리기는커녕 대답이 없어요.

머릿속이 텅텅 비어가네요.

참담함, 무기력함이 포기하고 싶은 지친 마음과 뒤섞이네요.

마당에 기죽어 있던 제비꽃이 며칠 만에 풋풋한 모습으로

존재감을 한껏 드러내고 있어요.

쏟아지는 아침햇살을 받으며 잎새에 매달려 물방울은 웃고 있네요.

작은 물방울을 보며 나 역시 눈부신 날갯짓을 위해 퍼덕이는 연습을 해요.

끊임없이 금빛 날갯짓하며 파닥이는 아침 햇살에 기대어

차가워진 내 몸을 비벼보네요.

아름다운 것을 적당히 가지려 할 때
배반의 가시에 찔리지 않고
오래도록 사랑의 가치를 느끼게 됩니다.
사랑이 그렇습니다.

욕망에 무릎을
꿇고 말았어요

간절한 외로움을 앞세우고 나에게 온 당신에게
한 마디 말없이 나를 내어 주었어요.
당신의 슬픈 얼굴이 웃음으로 번질 때까지 꼬옥 안아주었어요.

사랑한다는 것은 'I am you 나는 당신입니다'라는 확신이 있어야 하니까요.

오늘따라 물감 번지듯 투명한 빗물이 창문을 덮네요.

시나브로 빗물 빨아들이듯 외로움이 욕망에 무릎을 꿇고 말았어요.

비에 취하고, 색에 물들고, 결에 춤추며 욕망의 불꽃을 피우네요.

Post of thinking

매일 나를 당신에게 전송하며 살고 있습니다.
당신은 나에게 의미를 주십니다.
당신의 체온에 따라
피어나고 지고 열매 맺는 당신의 꽃입니다.

사랑하는 것도 나의 경계를 허무는
일이라는 것을 깨닫습니다

아무것도 드러내고 싶지 않을 때가 있습니다.
한 사람을 향한 애틋한 마음을 들키지 않고 싶을 때가 있습니다.
나에게 전부였던 사람도 누군가의 전부가 될 수 있기 때문입니다.
모든 걸 쉽고 내어주고 경계 없이 허물어 버리면
아무것도 아닌 존재가 되어 버릴 것 같아
작은 울타리를 만들기로 했습니다.
시작이 있으면 끝이 있다는 것을 알기에
그 끝을 천천히 맞이하기 위해서입니다.
지독하게 사랑할수록 마음은 절박해지기 때문에 끝이 두려운 법이니까요.
부질없는 희망이라 해도 좋습니다. 끝을 준비하기는 싫습니다. 여전히 나는.
그리고 종착역으로 가는 티켓은 준비하지 않으렵니다.
그 대신 울타리를 만들어 간격을 두겠습니다.
나에게도 속하다가 당신에게도 속하다가
때로는 아무에게도 속하지 않는 상태를 유지하기 위해서요.
이유를 굳이 말하라 하면 더 많이 더 깊이 외롭지 않기 위해서입니다.
지난 날 내가 많이 아팠던 것은 반드시 내 쪽이어야만

내 것인 줄 알던 집착 때문이었으니까요.

내 것인 양 자꾸만 그 경계를 침범했는지도 모릅니다.

그게 오류임을 알았습니다.

그냥 뚜렷한 경계 없이 펼쳐진 그대로의 당신을 바라보니

참으로 편해졌으니까요.

있는 것을 그대로 두고 바라보는 일, 내 것으로 왜곡하지 않고

그대로 받아들이는 일.

그래서 함부로 그것을 넘지 않는 일.

사랑하는 것도 나의 경계를 허무는 일이라는 것을 깨닫습니다.

Post of thinking

저녁은 당신을 데리고 갔습니다.
당신의 슬픈 눈이 내 살 속에 박힙니다.
아무래도 내가 먼저 당신을 찾을 것 같습니다.

이렇게 빨리 만나게 될 줄은 몰랐어요.
물론 내 쪽에서 여전히 망설였다면 여전히 담을 쌓고 있을 테지만.
그동안 보이지 않는 담을 쌓아놓고 울고 또 웃었던 날들.
가장 사랑하는 사람을 담 뒤에서 몰래 훔쳐보며 원망 아닌 원망을 보낸 날들.
생각해보니 담을 넘고자 작심했다면 넘을 수도 있을 텐데요.
망설임이 계속되다 보니 용기보다는 포기가 앞서게 되었어요.
"지금 올 수 있겠느냐"는 간절함이 배인 당신 목소리에
맨발로 나서다시피 했으니까요.
기차 안에서 생각은 빠른 속도로 마지막으로
당신을 만난 그때로 달려가고 있어요.
만나지 말아야 한다는 것을 잘 알면서 마음은
이미 개찰구를 빠져나갔으니까요.
불편한 그리움을 안고 속으로만 끙끙대며 지내왔던 시간들.
어쩌면 모두에게 불편을 주지 않기 위해서였지만.
결국 당신도 나도 아프기만 했다는 것을 알게 되었어요.
이제 욕심 가득했던 벽을 허물어야 할 것 같아요.
무너진 장벽 사이로 흩어진 시간의 빗물이 모여드네요.
무수한 이야기가 빗물에 고이네요.
괜히 새롭게 마주 보며 안고 있어요.
인생의 한순간을 함께하기 위해 재회를 하였어요.

당신, 고맙습니다.
돌아갈 곳이 어딘지를 알려주어서.
수백 번, 수천 번 밟고 밟아 길을 만들겠습니다.
첫발자국 그리고 마지막 발자국이 당신이길 바랍니다.

나는 당신에게
꽃이었던 적이 있었나요?

파란 하늘을 닮은 당신의 미소를 보며
오색찬란한 꿈을 꾸던 그때를 생각하네요.
당신이 남겨놓은 지문은 방 안 가득하고요.
퉁퉁 불어버린 지문 위로 먼지가 붙고 곰팡이가 피기 시작했어요.
만지면 따스했던 당신의 체온,
당신의 웃음, 표정, 말투, 고스란히 내 눈 속에 담았어요.
비록 뛰지 않는 맥박이지만 손은 얼음처럼 차지만 얼어붙은 심장이지만
파리한 얼굴 사이로 미세한 떨림이 여전히 남아 있기에
뼈 속 깊이 젖어든 붉은 마음을 곰팡이를 털어내며 껴안아 보네요.
수렁에 빠져 지친 그리움 조각은 물길 따라 모여든
불신, 회의, 슬픔, 증오를 모두 빨아들이고 있어요.
어둠 속에 갇혀 갈 곳 잃은 사랑은
불투명한 흑백 사진처럼 빛바랜 채 울고 있어요.
그냥 지는가 싶더니 뒤늦게 피워 올린 작은 꽃잎 위로 겨울비 내려요.
꽃으로 더디 피어나는 가엾은 사랑, 무엇 때문인가요?
꽃피는 봄날을 만들기도 전에 꽃의 계절은 떠나가는 건가요?
분홍빛 립스틱을 지우며 벽에 걸린 마른 장미를 보며 당신을 부르네요.
그리고 묻고 싶어요.
나는 당신에게 화려한 꽃이었던 적이 있었냐고.
있었다면 그때는 언제였냐고.

슬픔이 밀려와 그대 삶을 뒤흔들어 놓고, 소중한 것을 빼앗아 가더라도,
침착하게 가슴에 대고 이렇게 말하라. '이 또한 지나가리라'

당신은
아십니까?

이별이 물어다 놓은 아픔은 참으로 잔인했습니다.

가을 잎을 다 털어내지 못한 겨울나무에 드문드문 잎이 붙어 있습니다.

마치 이별하고도 심장 깊숙이 들러붙어 있는 소용없는 그리움처럼 말입니다.

이별의 끝에는 잔인한 소용돌이만 되풀이 되는 것 같습니다.

과거의 기억이든 현재의 기억이든 평화는 찾아오지 않고

아쉬움, 미련, 증오만이 들락거리니까요.

버리고 싶어도 버려지지 않는

불편한 이별의 카타콤이 주인처럼 나를 지배합니다.

검은 옷을 입고 살찐 기억을 아무 때나 사방에다 흩뿌립니다.

눈에 닿는 코끝에 스미는 공기까지 시리고 아픕니다.

언제쯤 따스한 곳으로 가게 될까요?

당신은 아십니까?

검은 띠 두른 지평선
이별이 꿈틀대는 백사장에서
헛헛한 마음을 껴안습니다.
제발, 서둘지 말아요.
당신.

다 털고 비워낸 채 알몸으로
봄을 기다리는 겨울나무처럼

겨울 내내 기다려왔던 봄이 생각보다 일찍 도착했어요.
'정말 사랑일까?'를 '사랑이야!'로 확인시켜 주었던 봄이 다시 왔어요.
봄은 하얗게 꽃비내리는 윤중로 벚꽃길을 밟으며
활짝 피어나는 생명체가 얼마나 아름다운 것인가를 느끼게 해주었고
어떻게 사랑해야 아름다움을 공유할 수 있는지를 사람의 눈길,
발길을 붙잡아두는 벚꽃을 보며 깨달았어요.
봄은 나에게 사랑하는 사람을 살포시 안겨주었을 뿐 아니라
어떻게 사랑해야 가치 있는 사랑인지를
사랑해야 할 이유와 사랑할 가치를 깨닫게 해준 고마운 계절이에요.
아무리 사랑하고픈 사람일지라도 내가 사랑할 사람이라면
당장 만나지 않아도 만나게 된다는 사실이고
지금 몸부림치도록 사랑하고 있는 사람일지라도 인연이 아니라면
예정된 어느 날에 바람처럼 홀연히 떠난다는 사실이에요.
사랑이란 것이 놓아준다고 해서 떠나는 것도
온몸으로 붙잡는다 해서 머무는 것도 아니라는 것을….
사랑에도 자연처럼 순리의 법칙이 존재한다는 것을 살아보니 알게 되더이다.

상실이 오랜 시간이 흐른 후에는 힘이 된다는 사실을

자연을 통해 알았으니까요.

억지로 닿으려 하지 않을래요. 나만의 길을 내며 더디 닿을래요.

사랑이 오가는 수로를 만들며 가야 하기에 큰 수로가 막히면

작은 수로를 내어서라도 길을 만들 거예요.

나에게 오는 수로가 막혀 뚫지 않고 포기하고 돌아간다면

나의 것이 아닐 거라 믿기에 내버려 둘래요.

힘들지 않게 얻은 사랑은 언젠가는 떠나가게 되어 있으니까요.

차라리 처음부터 놓아주는 것이 떠나가더라도 아쉬움이 적게 남을 것 같아요.

행여, 떠났다가 나에게로 오는 길을 만들어

다시 돌아온다 해도 받아들일래요.

다 털고 비워낸 채 알몸으로 봄을 기다리는 겨울나무처럼 말이에요.

Post of thinking

세상 모든 것들은 오래되면 금이 가게 되고 조금씩 틈이 생깁니다.
느슨함, 왜곡, 불신이 이어지면 상실이라는 수순을 밟게 됩니다.
제아무리 현재에 기대어 있어도
내일이 올지, 다음 생이 먼저 올지 아무도 모릅니다.
흐릿한 거리에서 어둠의 거리로 들어가기 전에 서둘러 빠져나가야 합니다.

결핍 속에
살아보면 알게 되죠

무엇이든 결핍 속에서 욕망이 커진다는 것을 느끼게 되죠.
결핍 속에 살아보면 알게 되죠.
어둠을 가르고 달리는 마지막 버스의 지친 브레이크 소리가
얼마나 아프게 다가오는지 결핍 속에 살아보면 알게 되죠.
새벽 3시 30분 강남터미널 대합실에서의 노숙이
얼마나 사무친 그리움인지
결핍 속에 살아보면 알게 되죠.
저녁 7시 아파트 창문 밖으로 퍼져나가는
가족의 웃음소리가 얼마나 큰 기쁨인지
결핍 속에 살아보면 알게 되죠.
모든 것이 기울어지고 휘청거리고 흔들리지만 성장하겠다는 꿈이 있기에
중심은 절대로 흔들리지 않는다는 것을.
그 하나의 확신이 살아가는 이유가 되고 살아 있는 증명서가 되니까요.
결핍은 다만 조금 불편할 뿐이고 언젠가는 지나가게 되어 있다는 것을.
이 모두가 무엇이 되기 위해 성장으로 가는 과정이라는 것을.

모두 하나로 조합해보면 대단한 것처럼 보이는 것들이 있습니다.
사회적 지위, 경제적 안정, 높은 숫자
이런 것들이 행복이라는 이름으로 유혹할 때가 많습니다.
풍요가 완전한 행복은 아니고
결핍이 완전한 불행이 아닌데 말입니다.
척박한 땅에서도 장미꽃은 피어오르는데 말입니다.

반드시 높이 날기 위해
목숨을 걸지는 않았습니다.
살아내다 보니 그렇게 되었습니다.
그러나 치열했던 만큼 풍경(風景)이 아름다웠습니다.

날아도 날아도 끝이 보이지 않던
죽도록 아프고 미치도록 아름다웠던
청춘의 날개를 접습니다.

오르고 또 오르며 환하게 웃던 날들이 기뻤습니다.
부딪치며 다치며 슬프게 울던 날들이 슬펐습니다.
그러나 치열했던 만큼 행복했습니다.

이제 푸른빛의 블라인드를 내리고
오렌지빛의 블라인드로 바꿀 시간이 되었습니다.
찬연했던 화려함을 닫습니다.
잔혹했던 슬픔도 닫습니다.

천천히, 느리게
가을이 낸 길을 따라
침묵(沈默)하며 음미(吟味)하며
증명(證明)하며 걸어가겠습니다.